僕らの愛のカタチ

小川いら

幻冬舎ルチル文庫

C O N T E N T S ✦目次✦

僕らの愛のカタチ

✦カバーデザイン＝ 齊藤陽子（CoCo.Design）
✦ブックデザイン＝まるか工房

イラスト・山本小鉄子✦

僕らの愛のカタチ

◆◆

（ああ、気がつけば三十三だよ……）

秋風がいつしか身に沁《し》みる冷たさに変わる頃、純也《じゅんや》はその日も高校の授業を終えて、買い物をしてクリーニング屋に寄り、いつもと変わらない夜を迎えていた。

都内の私立高校で英語を教えていて生活は安定しているが、現在も決まった将来の相手や人生のパートナーはいないままの一人暮らし。だったら、好きな人もつき合いがある人もいないのかと言われればそうでもない。

世の人々の人生がよしにつけ悪《あ》しきにつけ今の状況にあるのは、様々な理由があるだろう。純也にも一応こういう中途半端な状態でいるのにはそれなりの理由があるのだが、この歳《とし》になっていよいよどうしたらいいのか先は見えないでいるのだ。

いろいろと不安に思うことはあるのだが、とりあえず今夜は体が冷えてしまったのでバスタブにお湯を張り、ゆっくり浸って疲れた体を芯《しん》から解《ほぐ》すことにした。慣れた一人の食事のあと、お風呂に入っていたときのことだった。

鍵《かぎ》をかけたはずの玄関ドアの開く音が微《かす》かに聞こえたような気がした。おやっと思った次の瞬間、一人暮らしのはずの部屋なのにいきなり男が乱入してきて、あろうことか素《す》っ裸《ぱだか》でバスルームに顔を出した。

「いやぁ、まいったな。今年の東京は思ったより冷え込みが早いね」

そんなことを言いながら簡単にシャワーを浴びると、純也の浸《つ》かっている湯船に一緒に裸体を沈めてきた。もちろん、見知らぬ男ではない。高畠晃《たかはたあきら》は大学時代からの友人である。だが、それ以上の関係でもある。つまり、肉体関係のある友人だ。

「帰国するなら帰国するって連絡しろよ」

「しようと思っているうちに飛行機の搭乗時間になって、アメリカ大陸横断して太平洋を飛んでいる間中つい眠りこけちまって、気がついたら成田に着いてたんだよ。そこから電話しようと思ったら、ちょうどエアポートリムジンの出発時間で、バスの中でまた眠っちまったら道が空《す》いていたのかもう都内で、そこからタクシー乗っているうちにマンションの前にいた」

そこまできたら電話するより会ったほうが早いと思ったというが、断じてそういう問題ではないと思う。

「チェーンロックしておけばよかった……」

連絡をしてこなかった理由にもならない理由を並べ立てている晃を恨めしげに睨《にら》むと、純也がボソリと呟《つぶや》いた。すると、晃はバスタブの反対側に浸かりながら、濡《ぬ》れた前髪を後ろにかき上げてにっこりと笑う。

「またまた、そういう意地の悪いことを言う～」

この人好きのする笑顔で、これまで何人の男をたらし込んできたんだろう。自分は晃にとって何人目の男なんだろう。今現在、北米在住のこいつの下半身の世話をしている男はいるんだろうか。もしそうだとしたら、自分は日本にいる愛人ということになるのか。

（あるいは、下半身のサービス付き簡易宿泊所のオーナーってところか……）

すっかりやさぐれた顔になっているのを隠そうと、湯の中に顔を半分沈める。近頃は晃の顔を見るたびそんなことをグルグルと考えてしまう。考えているうちに気がつけば股間《こかん》に何やら刺激があって、小さな喘《あえ》ぎ声を漏らしてしまった。

「あ……っ、んんぁ……っ」

「いつ聞いてもいい声だなぁ。そういうちょっと恥じらいのある声はたまらなくそそる。長旅の疲れも吹っ飛んだ」

晃は嬉《うれ》しそうに言っているが、恥じらっているというよりマンションの廊下に換気扇の排気口があるから、そこを通って自分の淫《みだ》らな声が外に漏れるのを気にしているだけだ。だが、声を殺しているよりも、一言の断りもなく人の股間に手を伸ばし、そこの具合を確かめるようにやんわりと握っている手を振り払うほうが手っ取り早いにきまっている。

「おい、『ただいま』の挨拶《あいさつ》もなしに図々《ずうずう》しい真似をしてんじゃないよ」

「だから、俺のムスコの可愛《かわい》い相方《あいかた》にまずは挨拶をしてんだろう。相変わらず反応がいいなぁ。どれどれ、後ろのほうもすでにいい具合か？」

遠慮がないにもほどがある。振り払おうとする手を巧みにかわし、自分の肩まで湯に浸けて手を伸ばすと、純也の後ろを探ってこようとする。

「うっ、うぁ……っ、んんっ、ちょ、ちょっと待てってば……っ」

慌てて晃の手首を湯の中でつかみ押しとどめるが、すかさず反対の手も伸ばしてきて純也の股間をわざと力を込めて握る。そんなことをされたら途端に体から力が抜けてしまい、バスタブの縁《ふち》に両手をかけてこれ以上体が沈まないようにするのが精一杯だった。

「あう……っ、んぁ……ぅ」

「待ってどうすんだ？　ほら、前がもうすごいことになってんぞ。飢えてたのが丸わかりなんだけど。俺がいない間どうしてたんだ？　こんな淫乱な体をしていて、まさか右手一本ってこともないだろう？　中高生じゃあるまいし」

同じ歳のくせに言っていることがエロ親父《おやじ》のようだ。でも、そんなことを言われて興奮している自分はもっといやらしいんじゃないだろうか。実際、飢えてもいたが、晃がいない間は右手一本でひたすら辛抱していた。気軽に遊ぶ相手がいないのも事実だが、晃以外の男と寝たいと思わないのだから仕方がない。だが、そんなことは正直に言ってやらない。

「あ、当たり前だ。誰が右手なんかで辛抱するもんか。もちろん、オ・ト・コォ……」

湯気のこもったバスルームでバスタブの湯を波立たせながら、股間をまさぐられて荒くなった息とともに呟いた。すると、呻《うめ》くように言った言葉が聞き取れなかったのか、晃もまた呼吸を速くしながら聞き返してくる。

「はぁ？　なんだって？」

その間にも彼の手は純也の股間からちゃっかり後ろに回っていて、長らくご無沙汰《ぶさた》の窄《すぼ》まりに潜り込もうとしていた。まるで自分の体に触れるかのように躊躇《ちゅうちょ》の欠片《かけら》もない。そういう行為に体は乱されながらも、心がイラつかされるのはいつものことだ。なので、腰を持ち上げて晃の指を受け入れながら、もう一度はっきりと言ってやる。

「だから、男だよ、他の男っ。北米暮らしが長すぎて、日本語を忘れたのか？」

途端にムッとした表情になった晃は乱暴に純也の腰を持ち上げると、すっかり勃《ぼっ》起《き》している自分自身の上に跨《またが》らせる。純也より長身で横幅もあり、手足は長く力もある。そして、何よりも運動神経がいいから抵抗は無駄だと知っている。

それに、ここまで煽《あお》られた体で拒んだりしたら自分が辛《つら》い思いをするだけだ。腰が落とされて体の中に独特の圧迫感を覚えながらも、あまりにも馴染《なじ》んだ快感が突き上げてくる。

（ああ……っ、いい……っ）

たまらず心の中で甘い吐息が漏れる。

「他に男がいるってか？　どこのどいつだ？　いつからのつき合いだ？　俺よりいい男か？　啼《な》かされてんのか？　もしかして、俺のよりデカイのか？」

晃は純也の嘘《うそ》をどこまで間に受けたのか知らないが、身も蓋《ふた》もない言葉で詰問してくる。冗談にしては目がちょっと本気っぽい。だが、ここで怯《ひる》んだりしたら負けだ。

「おい、誰をたらし込んだ？　言えよっ、言えってばっ」

湯の浮力を利用しながら純也の腰を上下させ晃がさらにたずねてくるから、馬鹿みたいに淫らな声を上げつつも純也は強がり続ける。もう排気口のことなんか気にしている余裕もない。

「教えてやらないっ。あっ、ああ……んっ」

「あっ、さては職場の同僚か？」

「そんな手近なところで間に合わせるもんかっ。俺にとって職場は神聖な場所なんだから、そういう失礼なことを口にすんなっ」

久しぶりだというのに、なんで口喧嘩《くちげんか》しながらセックスしているんだろう。でも、いつだって二人の関係はこんなふうだった。口喧嘩といっても、もはやこういうやりとりが挨拶代わりのようなものなのだ。

十八で知り合って十九で体の関係を持って、かれこれ十四、五年のつき合いになる。なのに、未だに会えば男同士で抱き合って快楽を貪《むさぼ》り、とりあえず独身でやりたい仕事をやって、人生の六割は満足で三割はいろいろ不安で、残りの一割は何がなんだかわからない。

誰の人生にもいろいろ事情はあるだろう。今年で三十三歳になる三上《みかみ》純也にとって、これが今現在の己《おのれ》の人生の有様《ありさま》で、将来を考えてそれなりに思い悩むこともある。でも、今は下半身が溶けるような快感に崩れ落ちそうになって、晃の首筋に強くしがみつく。

「ああ……っ、いい……っ」

「お、俺もっ、俺も、いい……っ」

などと色っぽい声をあげている、晃のほうの事情はどうなっているのだろう。やっぱり、純也と同じように満足と不安とそれ以外の何かを感じているのだろうか。

そんなことを考えながらも、数ヶ月ぶりの快感の渦に呑《の》み込まれてしまいバスタブの中で二人して果てる。

「ああ〜、よかった。やっぱりナマはいいなぁ」

うっとりと言っている晃だが、純也のほうはまだ整わない息のまま恨めしげに睨む。

「うう……っ、よくもやってくれたな。おまえのだけじゃなくて、お湯まで入ったじゃないか。どうしてくれんだよっ」

「悪い、悪い。ちゃんと全部かき出してやるからさ。それで、もう一回やるか?」

どんなに久しぶりでも、一度果ててしまえばもう恥じらいも何もなくなる。生々しい会話をしながらそれで正気に戻ればいいようなものだが、風呂から上がればまだまだ熱に浮かされたように寝室に入ってしまう。要するに、飢えているのはお互い様ということだ。

ベッドでは、純也の好きな正常位と晃の好きなバックでそれぞれ一回ずつ。一休みしてお腹《なか》が空いたという晃に手早く作った卵雑炊食べさせてやってからまたベッドに戻り、今度は座位でやって今夜はようやく打ち止めとなった。

何をやっているんだと思うけれど、そういう関係だから仕方がない。久しぶりに存分にこの体が満たされて、ぐったりとベッドで横たわりながら純也は心の中でまた呟いていた。

(気がつけば三十三だってば。こんなことしててどうすんの、俺……)

とは思いつつ、そばにある男の温《ぬく》もりが純也を穏やかな眠りへと誘う。今この瞬間は幸せで、純也は甘い吐息を漏らしながらまどろみに落ちていくのだった。


高畠晃とは、たまたま育った家庭環境や受けた教育環境が似ていたこともあり、出会ってすぐに互いを意識するようになった。

ともに両親の仕事の関係で北米で教育を受けた経験があり、日本の大学で英語のディベートクラブに入って知り合うなり意気投合した。最初にディベートしたときのテーマは、「成人年齢」についてだった。これまでどおり二十歳《はたち》とするべきか、引き下げるべきか、あるいは引き上げるべきか、三つのグループに分かれて討論したとき、晃は引き下げるべきというグループに入り、純也は引き上げるべきというグループに入った。

ディベートの練習の場合、自分の主義主張は置いておいて、自分の所属したグループの一員としてどれだけ弁論でポイントを稼げるかが重要になる。

クラブの中において二人の突出した英語力は当時から担当教授も認めるところで、突っ走りがちでときには極端な意見も持ち出してくる晃と、おっとりした性格のまま淡々と己の意見で返す純也のディベートはクラブでも評判だった。どんなテーマで話し合っても、最終的には晃と純也の一対一の討論になってしまう。

そんな一年を過ごしたのち、二人はすっかり心許し合える友人となり、晃のほうが先に自分がゲイだとカミングアウトした。純也もそうではないかと思ったからだそうだが、実は純也もすでに自分の性的指向を自覚しているゲイだった。

互いに憎からず思っているうちに、当然のように肉体関係ができた。気取っても見栄を張っても仕方がない。その気になれば止められない、止まらない年頃だ。ましてや、晃は精悍《せいかん》な顔つきといいスポーツで鍛えた体といい、容貌《ようぼう》も充分に魅力的だった。

純也のほうはけっして人目を引くような整った顔ではないが、少々目尻《めじり》の下がった色白の女顔の童顔は晃の好みには合ったようだ。ついでに体の相性もよかったから、大学時代はとにかく一緒にいる時間が長かったし、それが楽しかった。

それでも、大学時代はあくまでも気の合う友人であり、やりたいときにやれるセックスフレンド的な感覚だったのだ。

そのとき、晃にとって純也は何人目の男だったかわからなかったが、純也にとって晃は初めての男だった。実は晃にも言っていないが、それ以前にちゃんとしたセックスの経験はない。

ただし、初めての男に溺《おぼ》れるつもりはなかった。それではあまりにも短絡的だし、初めて体を重ねた相手を運命の人などと、昨今では「乙女《おとめ》」と呼ばれている連中でも考えないだろう。

十代、二十代を通して、これからの人生で多くの人に出会い、本当にパートナーとして相応《ふさわ》しい誰かと巡り合う可能性も充分にある。純也はそう考えていたし、晃自身もきっと同じだったと思う。

その後、揃《そろ》って大学を卒業した頃から二人の関係も少しずつ変化していった。晃は日本のテレビ局に難関を突破して入社した。純也のほうは教職課程を取っていたので、都内でユニークな教育方針を打ち立てている新設の私立高校の英語教師の職についた。

仕事が始まればともに忙しくて、大学時代のようにしょっちゅう会うこともできなくなる。こうして関係は自然に消滅するのかと思っていた。晃のことは好きだったので、寂しい気持ちもあったけれど諦《あきら》めもあった。それぞれ新しい人生を歩み出して、それぞれ新しい誰かと出会い、幸せなときを過ごしていずれ穏やかな気持ちで再会できたらいい。

などと甘いことを考えていたが、現実はそうではなかった。仕事を始めてからも、時間を見つけては晃は純也の部屋へやってきた。純也のほうも、取材のためにしばらく留守にする晃の代わりに彼の部屋の空気の入れ替えにいったり、荷物を送ってほしいなどと頼まれたりもしてついつい面倒をみてしまっていた。

友人だからそれくらいのことはなんでもない。晃も取材から帰ってくると、お礼だと土産《みやげ》を持ってきてくれる。ただ、そうやって顔を合わせれば、当たり前のように体を重ねてしまうことは止められなかった。

二十五歳になった頃、純也の中でもしかしたら「最初の男」が「最後の男」ということもあるのかもしれないとチラリと思うようになっていた。ただ、晃の口からは相変わらず決定的な一言は聞いていないし、純也のほうもそれを聞き出す勇気も覚悟もなかった。

日本では世界の一部の国やエリアのように同性婚が認められているわけではない。ゲイのカップルはあくまでも口約束で一緒にいるだけのことだ。二人の意志が強くなければ社会的な諸々《もろもろ》の不都合に挫《くじ》けてしまうこともあるし、関係を続けていくことが難しいのは理解している。

それでも、すっかり二人の仲は安定しているように思えたから、もうしばらくはこのままでいいかなどと呑気《のんき》に構えていたらそこでまた変化が訪れた。

日本のテレビ局の報道姿勢に嫌気がさして、晃が退職すると言い出した。どこにでも我慢はあると周囲の誰もが諭したが、彼は思い立ったら止まらない。もう一度北米に行き、大学でジャーナリズムを勉強し直すと決めて、あっさりと渡米。そして、そのときも純也には「待っていてくれ」の言葉もなく旅立ってしまった。約三年間で途中八回帰国して、八回とも律儀に会いにきた。夏休暇の際は当たり前のように三週間ほど滞在していき、そして毎日のように純也を抱いていった。

そのたびに自分たちの関係は終わったんじゃないのかと問い詰めたかったし、セックスも拒みたかった。でも、できなかった。晃が北米に行ってからも、純也は新しい誰かと出会っていない。仕事は充実しているが、私生活は案外寂しい。友人はいても抱き合う相手はいないから。そして、何より純也はやっぱり晃が好きなのだ。

時間をおいて現れる彼を見るたびその成長に驚かされると同時に、出会った頃からまったく変わることのない正直さと熱さと可愛らしさに翻弄《ほんろう》される。

何を言い出すか、何をやり始めるかわからない。そんな危なっかしい部分を宥《なだ》めながらも、傷ついて帰ってきたら慰め、励まし、包んでやりたいという気持ちになる。そうしながらも、馴染んだ彼の温もりに抱かれると安堵《あんど》している自分が確かにいる。だから、置いていかれればまた一人で寂しさに身悶《みもだ》える。そんなことの繰り返しだった。

そして、北米の大学を卒業した彼がやっと帰国するのかと思いきや、向こうのテレビ局の報道番組のスタッフとして採用されたのが二十八歳のとき。既存の放送局とは違い、事実に鋭く切り込む報道が評判のケーブルテレビのニュース番組だ。今度こそ二人の関係も終わりだと思った。

北米で暮らして、そのうち気の合う誰かと出会い、一緒に暮らしたりして、やがて純也のことは忘れるに違いない。だったら、自分の口からきっぱりと別れを切り出そう。そう思ったときに、はたと考えたのだ。

(ちょっと待て、俺らつき合ってんのかな……?)

大学時代はともかく、社会人になってからは互いのプライベートについて知っているようで知らないこともけっこうあった。まして渡米してからというもの、会うのは年に数回というペースだった。どう考えてもつき合っているとは言い切れない関係だ。

なのに、「別れよう」などと面と向かって言って、「いや、つき合ってないし」とか言われた日には目も当てられない。そのことを考えた途端純也は口を閉ざしてしまった。いっそ晃のほうからそれを言ってくれないかと待ち続けているうちに、再び二人の関係はなし崩しに続いてしまい現在に至るというわけだ。

「学校はどうよ?　相変わらず楽しくやってるわけ?」

「楽しいよ。好きなスタイルで授業ができるし、職場での拘束時間は短いほうだし、休暇は普通の会社より多いし、生徒はみんな素直でいい子だしね」

いきなり帰国した晃と昨夜は存分に欲望を貪り合って、一夜明ければ日本はたまたま祝日だった。遅く起きてきて二人で朝食のテーブルを囲みながら、いつもと変わらない会話をする。これももう何年も繰り返してきたことだ。

「そういうそっちこそどうなの？　相変わらず忙しいわけ？　今回はなんで帰国したの？　また取材？」

「まぁ、そうだな。ただし、今回は日本国内じゃない」

日本は今のところ大きな政治の動きもないし、北米に影響を与えるような目立った案件もない。基地問題や貿易摩擦など、いつでも問題だといえば問題だし、それが日常といえば日常だ。それよりも、今アメリカが一番脅威に感じ、いい意味でも悪い意味でも関心を抱《いだ》いているのはアジアの大国中国だろう。

「ところで、昨日の夜、男ができたとか言ってなかったか？」

「そんなこと言ったっけ？　覚えてないなぁ。それより、ご飯のお代わりいる？」

晃が帰国したときは、気遣っているわけでもないが一応日本食を作ってやるようにしている。いまどき、北米ならよっぽどの僻地《へきち》や田舎に行かないかぎり日本食に飢えることもないとわかっている。純也が親の仕事の関係で中学から高校卒業まで住んでいたサンフランシスコなど、日本の適当な店よりおいしい寿司が食べられるスシバーがあったくらいだ。

ちなみに、ほぼ同じ時期に晃も父親の海外赴任でニュージャージーにいたというし、現在もニューヨーク暮らしで、北米では最もおいしい日本食が食べられる都市といってもいいだろう。奇《く》しくも同じ時期に北米にいながら東と西に分かれていた二人だが、現在は太平洋を挟んで洋の東と西だ。

　そして、友人とも恋人ともつかない相手にご飯のお代わりを盛った茶碗《ちゃわん》を差し出してやる。おかずは焼き鮭《じゃけ》、じゃこピーマン、ネギとナメタケの入った卵焼き、チンゲン菜と豆腐とアゲの味噌汁《みそしる》。箸《はし》休めはキャベツの千切りを塩昆布で揉《も》み込んだものと、作り置きしてあった大豆の甘煮。味付け海苔《のり》はサービスでつけてみた。

「いつきても飯がうまいっ。歳取るとさ、こういう民宿の朝食って感じのがいいんだよなぁ。ところで、さっき言ってた他の男にもこんなうまいもんを喰《く》わせてんのか？」

「さぁね。でも、いきなりやってきて、人んちのご飯をここまで遠慮なく食べる知り合いはおまえくらいだけどね」

「そうか。だったらいいんだ。いいか、餌付《えづ》けすんのは俺だけにしておけ。あっ、それからこれだけは言っておくが、くれぐれも学校の生徒には手を出すなよ。アメリカでやったら、足に素敵なアンクレットがついちまうぞ」

　北米では性犯罪者には刑務所を出所したあとも、ＧＰＳ装着を義務付けるミーガン法がある。

「馬鹿か。年下になんか興味ないよ」

　そうは言いながらも、「他の男がいる」なんてありもしないことを口走った馬鹿は自分のほうだが、あれくらいの憎まれ口はいつものことだ。今回にかぎってしつこく絡んでくるから、だんだん面倒になってきて適当にあしらっていると、味噌汁の椀《わん》を手にしたまま晃がニヤリと不敵な笑みを浮かべる。

「まぁ、突っ込んだらわかったけどな。どうせ他に男なんかいないだろうが。だって、あそこがきつい、きつ……っ」

最後まで聞きたくなかったので、彼の上唇を向かい側から伸ばした箸で摘《つま》み上げてやった。

「ひぃたぃっ、はなへぇっ（痛いっ、離せっ）。うぐ……っ」

最後の呻きは、離す瞬間に一捻《ひとひね》り入れてやったからだ。

「そんなことより、今回はどんな取材なわけ？　日本じゃないならどこの国？　また中国？　いろいろ問題はあるだろうけど、最近は北米のネットワークが取材に入るような大きなニュースなんか……」

そこまで言いかけてハッとした。北米で視聴率が稼げるようなアジアの出来事といえば、アメリカに影響を及ぼす国の政変だ。日本や韓国は一応友好国であって、諸々の懸案事項もいまさら報道番組が取材に入るほどのことはない。中国とはあからさまに角《つの》を突き合わせているが、ここのところ政治的に大きな動きがあったとは思えない。だが、中国については本土のみならず、周辺に影響を及ぼしている小国が少なからずある。アメリカが注視しているのはおそらくそういう国の一つだろう。

常に戦争に勝利してきた大国アメリカであるが、それでも苦い経験というものがある。本当に戦うべきだったのかと、今も国民が疑問に思っている戦争が過去には存在するのだ。

その後何十年という年月を経て、現在は友好的な関係にある両国だが、近頃その国の動きがなにやら怪しい。もちろん日本でも連日報道はされているが、アメリカほど神経質にはなっていない。こういうときに、晃と自分の生活に大きな隔たりを感じる。それは、あくまでも暮らしている場所の隔たりであって、個人としてのものではない。

(でもなぁ……)

思わず心の中で呟くのは、暮らしている場所の隔たりが自分たちの人生に大きな溝を作っているのもまた事実だから。

「局の同じシニアプロデューサーと一緒にレポートを撮りにいく。来週には落ち合って、二人で現地に入る予定だ」

そして、それは純也が思っていたとおりの国だった。

「大丈夫なのか? よくは知らないけれど、最近では軍の動きが何か怪しいって……」

「怪しいものがないところに出向くわけないさ。それが俺たちの仕事だ」

晃は当たり前のように言う。もちろん、それはわかっている。だが、こういうときに純也の脳裏を横切るのは、日本のジャーナリストたちの無念の死。この世に起きている理不尽や許されざる現実を世界に伝えたいという思いで現地に赴き、その命を散らした人々のことだった。

スクープと引き換えに落とす命があってはならないと思う。たまたま自分はジャーナリストではなく、日本の学校で高校生に英語を教えることを生業《なりわい》としているからそう思う。でも、ジャーナリストとしてその現場にいれば、命をかけてでも目の前の真実を世界に伝えたいと思う気持ちも理解できる。

そして、晃はジャーナリストであり、報道局のシニアプロデューサーなのだ。彼が己の使命のため命を落とすことがあったら、純也はどんな思いを味わうことになるのだろう。考えただけでもこの身が震えて、息が苦しくなる。

だが、うろたえる自分を見せたくはない。いつだって、純也は晃にとってどんなことも包み隠さず話せる相手でありたいのだ。今ここで自分が怖気《おじけ》づいたような言葉を吐けば、晃の口が堅くなってしまうのは容易に想像がつく。

「兵士は戦いで死ねば英雄だけど、ジャーナリストは戦場で死ねば犬死だ」

「簡単に死ぬかよ。よしんば死んでもカメラは離さない。ニュースは残る。真実は世界に伝わる」

「その真実も数日後には過去の話題だ。歴史に埋もれてしまうだけだ」

「歴史の転換点になる可能性もある」

「その転換点を見届けるのが遺族ってことになる。危険に飛び込むのは勝手だが、残された者のことを考えられるくらい大人になれば？」

大学時代のディベートとは違い、この歳までプライベートでつき合ってきたのだから、余計な部分は全部省いて話しても言いたいことは伝わっている。まして互いにとっては腹の底まで見抜き合った存在だ。過激であったり極論であったりしても、相手の真意はわかっていた。

純也にしてみれば、晃に危険な真似をしてほしくない。ましてや死なれたりしたら、こっちが死にたくなるだろうと怒鳴ってやりたい。片や晃にしてみれば、そんな馬鹿じゃない。スクープはとっても命はとられるもんかと言いたいのだろう。

この言い争いに結論も勝ち負けもない。どちらも心の底はわかっているだけに結局は黙り込むだけだ。二人して黙々と朝食を終えると、キッチンに並んで後片付けをして、リビングのソファに座って一緒にコーヒーを飲む。

晃がきているときは、コーヒーを淹《い》れる役割だけは頼まなくても勝手にやってくれる。コーヒー党の彼の淹れるコーヒーは、同じ豆を使っていてもなぜか美味《おい》しい。でも、それを飲んでホッとしている場合でもない。

「本当に危険な真似はしないんだろうね？」

「一緒に行くシニアプロデューサーは女性だ。彼女がいるかぎり無茶はできないさ」

それは、一人だったら無茶もするという意味にも聞こえるが、ここで突っ込んで揉めても仕方がない。どうせこの男は行くと決めたらどんなところでも行く。ニュースがあると思えば、誰が止めたところで聞きやしない。ニュースジャンキーは今に始まったことじゃない。純也が何を言っても無駄なのだ。それがわかっているから、小さく溜息《ためいき》を漏らす。

「おまえを止められる人間はこの世にいないんだろうなぁ」

呆《あき》れたように呟いているけれど、それが自分ではないことに心が打ちのめされている。でも、そんな自分を悟られないようにコーヒーを飲みながら、膝《ひざ》の上にのせている雑誌に視線を落としているのだ。

「おまえが泣いて縋《すが》ってくれたら、わからないかもな」

いつの間にかソファにだらしなく足を投げ出して寝そべっていた晃だが、コーヒーマグをテーブルに置くとその手を純也の膝に伸ばしてくる。昨夜あれほどやっておきながら、まだ足りていないとばかりにそこを撫《な》で回されて、純也の体もまた小さな疼《うず》きが湧《わ》き起こる。

本当にどうしようもないと思うのは、こんなにも快楽に弱い自分。これが晃でなければこんなふうにならないからという言い訳は、かえって自分の首を絞めているようなものだ。すなわち、そんなにも晃が好きだと認めざるを得ないから。

「いつまでいるつもり?」

膝を撫で回していた手が股間に届きそうになったとき、純也が訊《き》いた。

「週明けにそのシニアプロデューサーが香港に入る。そこで落ち合う予定だから、あと四、五日かな」

「今回はけっこう長いね。珍しくゆとりのある取材日程じゃないか。だったら、実家に顔を出しておけば？」

「明日にでも行ってくるよ」

晃の実家も隣県で、都内からそれほど遠いわけでもない。にもかかわらず、実家は生存を知らせるため挨拶に戻る程度なのだ。だからといって、両親との関係が悪いなどと聞いたこともないし、父の日や母の日には毎年プレゼントを贈っているのも知っている。

それでも、晃にとって日本での滞在場所は常に純也の部屋で、帰国したときは当たり前のように純也と時間を過ごす。そういうことをするから、純也はますますわからなくなるのだ。このまま二人で生きていけるのだろうか。それとも、これはまだ大学時代の惰性を引きずっているだけで、都合のいい関係でしかないのだろうか。

人の悩みなど知りもせず、考え込んでいるのを邪魔するように純也の体を抱き寄せると唇を重ねてくる。そして、まるで自分の体をまさぐるような遠慮のなさで、敏感なところに触れてくるのだ。

「あ……っ、おいっ、ちょっと……そこ……っ、んんぁ……っ」

まだ昼にもなっていないというのに、いきなりソファで体を重ねているなんてどうなっているんだろう。晃は純也が飢えていたんだろうとからかったが、晃のほうこそがっつきすぎだ。でも、そんな男の手を拒めないのは情けない自分のほう。

気がつけば身につけていたものがだらしなく乱れて、キスを繰り返しては互いの股間を握り合っている。こんなことをしている場合じゃないとわかっているのに、結局は目先の快感に溺れてしまうなんてどうしようもない。教師とか公務員とか、堅い職業の人間ほどストレスのせいか下半身がルーズなどという話もあるが、自分もそうなのかもしれない。もっとも、職場のストレスはさほど感じていないので、根っからの淫乱《いんらん》と言われたら返す言葉もない。

「純也、おまえってさ……」

抱き締められて、キスをしていた唇が離れたとき晃が何かを言おうとした。純也が股間の快感に身悶えながら、小さく小首を傾《かし》げてみせる。

「俺が何……？」

だが、何も言わないまま晃はシャツを脱がせた純也の胸の突起を摘み上げる。

「あっ、んんぁ……っ」

「おまえってさ、胸も好きだよな」

いまさらのことをいちいち口にするなと言いたいが、否定をする気もない。もう好きなところなんて、全部お互い知りすぎるほど知っている。

「そう言うおまえは、あっ、んふ……っ、言葉責めとバックが好きだよな……」

「さすがに俺の好みはなんでも知ってるな。でも、それだけじゃないんだなぁ。最近はソフトSMなんかも……」

「却下っ。それはつき合えない」

人の乳首を弄《もてあそ》びながらどこまでも勝手な言い草に、馬鹿も休み休み言えと怒鳴りたい。

「えぇーっ、案外楽しいぞ。おまえもハマるかもしれ……」

「絶対にハマらないっ。第一、そんなもん楽しいのはやっているほうだけだろう。やられるこっちの身になれ。あっ、それとも俺がやるのか？　それなら一回くらいつき合ってやってもいいぞ。おまえを縛って殴れるんだよな。それは確かにハマるかもしれない」

まったくそんな趣味はないが言い出しっぺの晃が慌てる顔を見てやろうと思って言うと、案の定純也よりも早くさらに大声で何度も「却下っ」と叫ぶ。

そして、これ以上この話題を続けて自分が不利になってはまずいと思ったのか、ソファに純也の体を押し倒すと乳首に舌を這《は》わせてくる。そういうことをされると一瞬で腑《ふ》抜《ぬ》けになってしまい、甘ったるい声とともに足をばたつかせてしまう。

晃のほうもこのタイミングを逃さずに純也の足の間に自分の体を割り込ませ、手を伸ばして昨夜さんざん使った後ろの具合を確かめてくる。この男の手にかかったら、ジーンズを引きずり下ろされるのなんて数秒の技だ。

「また、やる気？　まだ日が高いどころか、昼にもなってないんだけど」

「うん、またやる気。やれるときにやっておかないと、人間いつ何があるかわからないからな」

すぐに危険な地域に取材に行ってしまうこの男が言うと、シャレになっていないしあまり笑えない。

「そういう危険を顧みない生き方はやめろよな。だいたい、おまえって奴はいつだって……、ああ……っ、あっ、あふぅ……っ」

言葉の途中で晃の指が体の中へ潜り込んできて、たまらず声が上《うわ》ずる。そして、昨夜のタガが外れたようなセックスでまだ熱を持ったように疼くそこを充分に解すと、いつの間にやらちゃんと用意していたコンドームを自分自身につけて先端を押し当ててくる。

それだけで純也の体は期待に震えてしまって、それ以上この男の生き方に文句を言う言葉を口にする余裕もなくなる。どうせセックスの最中に何を言ったって無駄だ。言ってるほうも聞いているほうも話半分で、終わった頃にはなんの話だったか忘れている。

「ああ……っ、んっ、あぅ……っ」

どんなに久しぶりの体も、たった一夜で晃のものに慣れてしまうし溺れてしまう。でも、無理もない。十年以上も晃という存在に恋したままの自分がいる。やっぱり、晃という人間が好きで好きで仕方がない。この体が好きで、晃の容貌が好きで、彼の憎めない性格も初めて会ったときからずっと心惹《ひ》かれてきたのだ。

あと数日はこの部屋で過ごすという晃だが、来週にはまた純也を残してどこかへ飛び立っていってしまう。恨めしいのに、それを言葉で言えない。思っていることを口にするのは本当に難しい。

純也はコミュニケーションツールとしての英語を若い連中に教え、晃も言葉で世の中の真実を伝えているのに、身近な人間にはどこまでも言葉足らずな二人だった。

◆◆

久しぶりに晃に見送られての出勤だ。出掛けに腰を抱かれてキスをされて、「晩飯は期待していいぞ」などと言われたら浮かれないわけがない。だが、来週にはいなくなる奴だということは、よもや忘れたりはしない。今から一人の部屋に戻ったときの心の準備をしておいてちょうどいい。

起こる前からそのときのことを考えて落ち込むなんて、時間の無駄だと晃は笑う。どうせくるとわかっているなら、落ち込むのはそのときだけで充分で、それまでは楽しく過ごしていればいいという。ニュースジャンキーの彼は事件や事故の先は読むが、自分の人生はどこまでも楽観的だ。だが、誰もそんなふうにたくましく生きていけるものでもないのだ。

本当に自慢でもなんでもないが、純也は晃に比べたらずっとデリケートなのだ。裏を返せば精神がひ弱で小心者ということだ。だが、そんな己自身とつき合って三十三年なので、いまさら性格を直せと言われても無理だ。というわけで、晃の晩御飯を期待しながらも、いつもと変わらぬ自分で出勤した。

駅までの途中には大きめの神社があって、今朝はそこの境内《けいだい》に立ち寄ってまずは手水鉢《ちょうずばち》で清めてから拝殿で手を合わせる。そのあと、社務所にいって顔馴染みの宮司さんに挨拶をして、「厄除祈願」のお守りを一つ買った。

もちろん晃のためだが、渡すかどうかはわからない。毎回こうして買ってはみるものの、うっかり渡し損ねることもしょっちゅうだ。というわけで、デスクの引き出しにはいくつかお守りが入っているが、そのおかげかどうか純也の身の回りはいつだって安全だ。

その日もいつもの通勤電車の路線で人身事故があったとアナウンスがあり、遅刻は必至かと思いきや反対の下り路線だったので、純也は定刻どおりの出勤だった。

「先生、今日はよろしくお願いしますね」

学校に着くなり、教頭がやってきて一声かけていく。

祝日明けの木曜日は、通常の授業だけではない。午後からこの高校の受験を希望している中学生の学校見学と体験授業が予定されていた。教頭が一時間ほど学校説明をして、その後は自分たちの興味のある科目のクラスを体験受講できることになっている。

純也の勤めている学校は日本の文部科学省の認可を受けているが、一般の高校とは違い英語教育に力を入れており、卒業後は英語圏の大学への進学が可能な英語力を身につけることができるという点が大きな特徴だ。

インターナショナルスクールは入学の条件が厳しいところも多く、通常授業料も高い。だが、この高校は日本の私立の高校とほぼ変わらない授業料で徹底的に英語を教えている。将来海外留学を考えている生徒の間では近年評判となっていて、毎年希望者数は増える一方だ。

英語の授業はリーディングとライティングの他に会話の授業があり、ネイティブスピーカーの教師も多い。そんな中で純也が担当しているのは、一年の会話と二年のリーディングだ。

体験入学のときはカナダ人やイギリス人教師が授業のデモンストレーションをしていたときもあるが、生の英語に不慣れな中学生もいて腰が引けてしまうこともある。そこで、純也が変わってそれをやるようになると案外受けがよかった。

おっとり気味の童顔で優しく語りかけられたら、まずは安心する。それから、日本人ならではの英語の学び方をわかりやすく説明してやると、なんとなく自分もこの学校にくれば英語が話せるようになるかもしれないと思い、それが入学志望者に繋《つな》がっていくのだ。

純也自身、十二歳のときに家族とともにサンフランシスコに移住し、いきなり現地の学校に入れられたときは英語がわからず涙目になった。引きこもってしまいそうになっていたが、それは負けるような気がして悔しかった。デリケートで精神がひ弱で小心者とはいえ、それとは裏腹に案外負けず嫌いなところもある。そういう部分は普段影を潜めているのだが、人生の踏ん張りどころではちゃんと顔を出す。

大学時代、晃とのディベートのときもそういう負けず嫌いな自分が大いに奮起したのだが、今思えばあのときあれほどムキになっていた自分がおかしくなってしまう。

いずれにしても、中学のときは人生最大のピンチだと感じ、純也は己の中に眠る負けず嫌いを大いに発揮した。要するに、わからないからどうしたと開き直ることにしたのだ。英語はわからない。けれど、数学は数字だからわかる。クラスで誰も解けない問題が自分だけは解けた。美術のクラスでは誰よりも絵がうまかった。ついでに、ピアノは幼少の頃から習っていたので音楽のクラスではみんなの前でピアノを弾いた。

得意なことが何かあれば案外周囲は認めてくれるもので、そうこうしているうちに耳が慣れて、相手の言っていることがだいたいわかるようになった。一年もすれば言いたいことの六割は言えるようになり、二年目には日常生活の英語にまだ苦労している母親を助けてあげられるくらいになった。

多感な年頃をアメリカで過ごしたのはよかったのか悪かったのか、一概には言えないがどちらとも言えるというのが今になっての感想だ。いいこともあったし、悪いこともあった。ただし、今の職業に就けたのはあの頃の経験があったおかげだ。それについては素直によかったと思っている。

そして、日本の英語教育についてはいろいろと思うことがあるので、自分が経験から助言できることを若い世代にしてあげたいと思うのだ。

その日の午前中はいつもどおり授業を終えて、午後からは視聴覚教室に集まったこの学校の受験を検討している少年少女の前に立つ。英語の授業なのに、日本人の先生がきてちょっとがっかりしている顔も見受けられるが、ホッとしている子たちもいた。そんな誰もが緊張した面持《おもも》ちで初々《ういうい》しい。

「はい、こんにちは。これから簡単な授業をするけれど、今日はそんなに英語は使わないから緊張しないでね」

その言葉にさらに拍子抜けしたようになって、周囲と顔を見合わせている一人の少年に間髪容《い》れずにたずねる。

「ところで、質問。英語で『こんにちは』はなんて言うか知っている?」

これはいつもの純也のやり方だ。授業に必要以上の前置きはいらない。訊かれた少年は一瞬きょとんとしてから、ちょっとつまらなそうな顔になって答える。きっと英語に少しばかり自信のある生徒なのだろう。

「Helloです」

「はい、正解。『Hello』。もしくは、気軽な感じなら『Hi』だね。簡単すぎたかな。じゃ、次の質問。わかった人は誰でもいいから手を上げて答えて」

英語教育が売りの学校なのに、レベルがあまりにも低いと思ったのか、そこにいる数十人が失望や困惑や安堵など様々な表情を浮かべていた。もちろん、純也も初心者レベルの質問で彼らに自信を持たせ、英語なんて簡単だと思わせる作戦を使うつもりはない。

「君たちが新しいジーンズを買うことにしたとしよう。まずは店に入るよね。店員が『いらっしゃいませ』と声をかけてくる。さて、英語で『いらっしゃい』はなんて言うのかな？」

全員上げるつもりで用意していた手がちょっと止まった。それを見て純也がさらに訊く。

「ジーンズのデザインは決まったけど、サイズがあるかどうか聞きたいとしよう。でも、さっきの店員がたまたまその場にいない。店の奥にいるのかもしれないので、呼びたいんだけどなんて声をかける？」

あれっとばかり全員が首を傾げる。知っているはずなのに、なぜか出てこないといった様子。

「じゃ、君たちがホームステイしているとしよう。その日も外出先から帰ってきました。『ただいま』ってなんて言うの？　ホームステイ先の人は君たちの顔を見て『おかえり』って言うよね。さて、英語ではなんでしょう？」

今度こそ手を上げようとした数人が、また自信をなくしたようにその手を膝に戻す。簡単すぎて本当にいいんだろうかと思っているのか、もしかしてものすごく難しい言い回しがあると思っているのか、すっかり混乱している様子が手に取るようにわかる。もったいぶったところで仕方がない。そこで純也が自ら答えを言ってしまう。

「はい、みんなが思っているとおりです。全部『Hello』もしくは『Hi』で通じます。もちろん、他にもその場の状況に応じて、様々な表現はあるけれど一番簡単な言葉は『Hello』であり『Hi』だ」

なんだとばかり笑ったり、肩を竦《すく》めている連中に向かって純也は笑顔で続ける。

「簡単だよね。じゃ、続いて、次の質問。食事のテーブルに着きました。日本人ならたいてい言う言葉があるよね。じゃ、『いただきます』は英語でなんでしょう。そして、食べ終わりました。『ごちそうさま』はなんて言うでしょう？」

このあたりから、全員がざわついてくる。一生懸命単語を考えて、隣や前や後ろの友人たちと小声で相談している。聞き耳を立てていれば、それらしいのもあればまったく見当違いの言葉を口にしている者もいる。ここでもまた純也が自ら答えを言ってしまう。

「正解は、そんな英語はありません。どこで食べているか、誰が作ったか、状況によって表現や言う相手が変わるので、日本語のようにどんな状況でも使える『いただきます』とか『ごちそうさま』という決まり文句はありません」

途端に拍子抜けしたような顔になるのだが、同時に自分が学んできた英語について不安を覚えているのがわかる。外国人の授業に慣れていない子もいるかもしれないが、反対に英語を学びたいと思ってこの学校の体験入学にきた生徒たちも少なからずいて、中学のときから他の科目以上に英語には興味も知識もあるはずだ。

中には英会話学校に通っている生徒もいるかもしれないし、もっと難しい会話ができる子もいると思う。それでも、この単純な質問にはたいていが解答に詰まる。そして、純也の答えを聞いてあらためて英語の簡単さと難しさをちょっとばかり感じるのだ。

英語ならではの簡単な表現方法と、日本語にしかない便利な言葉。そういう違いを通常の日本の英語教育はちゃんと教えてくれない。そして、そういうことが日常会話の中でかなり重要なのだという事実すらわからないまま、英語教育から離れていく人も多い。

簡単な質問のあと純也がいつも話すのは、日本語が世界の言語の中でどれほど複雑で難しいかということと、それに比べて英語がどれほど単純でシンプルな言語かということだ。

いろいろな身近な例を出してそれらを説明していくうちに、生徒たちはどんどん話に引き込まれていき、真剣な顔で純也のほうに注目している。

「だったら、どうしてさっきみたいなありきたりな会話がすぐに出てこないんだと思う？君たちの世代は北米の文化がすぐ身近にあって、音楽や映画でそういう会話だってたくさん耳にしているし、テレビドラマの映像でも見ているはずだ」

それなのに、自分がその場に立ったら一番簡単な単語である「Hello」が出てこない。なぜなら、映画もドラマの中でもそういうありきたりなシーンは物語の進行上時間の無駄なので省かれてしまいがちだから。すなわち、単純に見たことがなくて知らないというだけのこと。

英会話の授業で使うテキストでも同じことがいえる。たとえば、レストランの練習会話としてよく出てくる例文がある。

『肉の焼き加減はどうしますか？』

『ミディアムレアにしてください』

というものだ。誰でも一度は声に出して練習したことがあるはずだ。だが、それ以前の会話について説明しているテキストは意外と少ない。

経験のある者ならわかっていることだが、北米のレストランに入って席に案内されればまずは担当のウェイターやウェイトレスがやってきて「Hi」と言うし、「How are you today?」と聞いてくる。

それには笑顔で応《こた》えたとしても、立て続けに飲み物の注文を聞かれる。飲みたいものが決まっていればいいが、そうでなければあとで注文するとか水でいいと伝えなければならない。そして、それをクリアしたとしても、今度は食材と調理の仕方と付け合わせとソースの種類などが長々と書き並べられたメニューとの格闘だ。

肉だの魚だの、焼き方がどうだという前に、越えなければならないハードルはいくつもあって、そういうところは全部すっ飛ばしているのがほとんどの英会話のテキストなのだ。

一生懸命練習して英語に自信を持っていた者ほど、実際のその状況に出くわすとパニックになって頭が真っ白になってしまう。ここで笑って開き直れるたくましい精神の持ち主だったらいい。大人ならたとえ英語が苦手でも、人生経験でどうにでも乗り越えることができる。ところが、自意識過剰なティーンネージャーほどこういうとき貝になってしまうのだ。まして、日本人はその奥ゆかしい性質ゆえに、恥というものを強く意識する。それは同時に、知らないことをたずねることさえも躊躇させてしまうという欠点がある。

「当たり前のことほど伝わらないし、知らないものだ。なぜなら、知っていて当たり前と思って誰も教えてくれないからね。でも、心配しなくていい。こういうものは一度経験すればいい。一度恥をかいても次はスマートにやれる。君たちが将来海外に出たとしても、そんなことで時間を無駄にすることもストレスを感じることもない。この学校ではそういう当たり前を教えてあげられる。それがこの学校の第一の特徴だ」

そして、第二の特徴として、英語を教えることが目的でないということ。

「英語はあくまでもコミュニケーションツールだ。どんなに上手に話せて、どんなに発音がきれいだとしても、話している内容に中身がなければ誰も耳を傾けてくれない。それが現実の世界だ。地方出身の人の日本語に訛《なま》りがあるように、日本人独特の訛った英語であってもいいんだよ。君たち一人一人が自分の個性というものを大切にして、自分の中にある訴えたいことと伝えたいことを母国語でもきちんと話せて、また世界の人々にも理解してもらえるよう英語でそれを表現できるようになってもらいたい。それがこの学校の基本理念であり、英語教育に力を入れている理由だ」

ここまで説明すれば、誰の目もその気になって輝き出す。そこで、純也は初めて英語で話して聞かせる。

「我々教師は君たちが真の意味での国際人になるための手助けをしたいと思う。けれど、なりたい自分になるために努力するのは君たち自身だよ。世界のどこかにある夢を、自分の力で探しにいける人間になってほしい。それが日本にあるとしても、世界に向けてそれを発信できる人間でいてほしい。この学校は学びたいと思う人にきてほしい。そうでなければ、別の道を探してほしい。君たちの未来に幸運を祈っているよ」

最後の英語はあくまでも普通の会話のペースで話し、わかりやすい簡単な単語を使うこともなかった。それまでほとんど単語程度しか英語を話さなかった純也が、最後に流暢《りゅうちょう》な英語で語ったことで全員がポカンと口を開けていたが、その部分だけはプリントアウトした紙を配って体験授業は終了。

純也の最後のスピーチが聞き取れなくても、そのプリントをじっくり辞書でも使って理解すれば、彼らの中で志ある者の心には小さな火が灯《とも》ることだろう。

今年の志望者がどのくらいになるかわからないが、視聴覚教室から出ていく生徒たちの輝く笑顔を見ていると純也はなんだか嬉しくなるのだ。

この国の若者の可能性はまだまだあるはず。協調性を美徳と考える部分は理解できるし大切だと思うが、それと個性を共存させることは必ずしも不可能ではないと思うのだ。そのあたりを独自の理解で消化した新しい世代が自分の教え子の中に出てくればおもしろいと思っている。

やるべきことをやって満足した純也が教員室に戻ると、教頭が笑顔で出迎えてくれる。

「反応はいいですよ。来年の志望者もまた増えそうだ。やっぱり、先生はうまいなぁ。著書のネームバリューもありますもんね。いや、お見事っ」

確かに、知り合いの出版社の人に勧められて、北米の文化を通して学ぶ英語などの本も数冊書いたりしている。だが、そんな実用本を中学生が読んでいるとは思えないし、自分の授業でどのくらいの生徒が受験してくれるかわからないが、とりあえず教頭が満足そうなのでよかった。それより、今夜は美味しい晩ご飯が待っているはず。もちろん、楽しみはご飯だけじゃない。

（そのあとは、きっと今夜もやっちゃうよなぁ……）

ついさっきまで、十四、五歳の少年少女にいい話をした人間とは思えないほど淫らなことを考えている。人間なんてそんなものだ。それくらいの楽しみがなければやっていられないと開き直ってみるが、そんなに楽しいのかと考えてみればそうでもない。

青少年の夢は世界のどこかにあるかもしれない。彼らはそれを探しにいける若さがある。けれど、自分の夢はどこにあるんだろう。あの男に振り回されて十数年。だが、晃を恨む筋合いでもないことはわかっている。

なりたい自分になるのは己の努力次第と純也は言った。もちろん、純也は今の自分はこの仕事に満足している。これは自分の努力の結果だからそれでいい。けれど、その傍《かたわ》らで身悶えるような思いを味わっているのは、己の力だけではどうにもならないことだから。

でも、本当にそうだろうか。晃との関係もまた自分自身がしっかりと己を持てばそれまでのことではないだろうか。そう思ったとき、やっぱりずるい自分に気づいて純也は小さな溜息を漏らす。

決定的なときを引き延ばしているのは自分だ。晃もまたそうであったとしても、耐えられなくなったほうがそれを切り出せばいい。自分たちはずるい大人そのままに、肉体の快楽に溺れ明日の不安を先延ばしにしているだけ。そして、明日を夢見る若い少年少女たちの姿が眩《まぶ》しくて、教員室の窓辺で思わず両手で顔を覆ってしまう。

(俺は腐った大人なんだよぉ……)

とはいえ、そんな自分を後悔するほどではないというのが正直な気持ち。人はあるがままに生きていくしかできないものだ。この開き直りは晃よりも絶対に繊細だと自負していながらも、彼に負けず劣らずずぶとい一面だったりする。ただし、誰にも教えてやらない本当の自分で、もちろん晃にだって一生秘密にしておくつもりだった。

◆◆

「うっ……うまい……っ」

思わず唸ったのは、晃の作った白身魚のグリルを口にしたときだった。

期待はしていたものの、まさか魚でくるとは思っていなかった。それも鱈《たら》をここまで深い味に仕上げてくるとは、さすがに唸るしかない。

ソースは粒マスタードと醬油《しょうゆ》の他にも何か入っている。このコクはきっと下ごしらえに塩麴を使っているとみた。北米暮らしが長いくせに、そんないまどきのものを使いこなすとはあなどれない奴だ。

付け合せの野菜はブロッコリーニとレッドパプリカのソテー。それだけでも充分なのに、コンビーフを混ぜてマッシュしたポテトも添えてあり、ボリューム満点なうえ刻みパセリの緑が鮮やかで黒胡椒《くろこしょう》がきいていてこれも抜群に美味しい。

他にもトマトを薄くスライスして、ビネガーとオリーブオイルでマリネしたキュウリ、オニオンとフェタチーズをのせたサラダ。そんな料理の横に冷えた白ワインがグラスにそそがれてしまえば、完璧という言葉以外に出てくるものはない。

正直に褒めてやれば、晃は自慢げに胸を張って言う。

「だてに一人暮らしをしているわけじゃないんだ。料理の腕は着実にあがっているぞ。俺はもう報道局をクビになっても、レシピブログで生計を立てられるくらいだ」

笑ってやれるものならやってみろと言いながら、純也は晃の言葉の一言も聞き漏らさずに考える。「一人暮らし」と言ったのだから、きっと同棲《どうせい》している相手はいないのだろう。だが、自分のためにそれほど凝った料理をするのだろうか。案外マメなところがあるが、そのあたりはちょっと微妙だ。

「で、学校はどうだった？　体験入学会とかだったんだろう？　うまくいったのか？」

「もちろん、英語に興味を持っている少年少女のハートをしっかりつかんでやったさ」

「英語でエロいことが言えるようになりましょう。リピートアフターミーってか？」

この素晴しい料理を作ったとは思えない、クソな発言に思わず目が明後日《あさって》の方向に向かって浮いてしまう。

「英語が話せても、人の心がわからない馬鹿にはならないようにしましょうって話してきたんだよ。授業のあとの質問タイムには周囲を取り囲まれちゃって大変だったな。俺って、子どもには好かれちゃうからね」

「調子に乗って子どもに手を出したら重罪だぞ」

「だから、しないって。おまえ、十数年もつき合っていて、まだ俺の趣味がわかってないの？」

正直なところ、高校生にもなれば自分の性的指向が他の連中と違うと気づく子もいる。どうしたらいいんだろうと悩んでいるのを見ると、何か言ってやりたい気にもなるがあえて何も言わない。

　向こうから相談にきたら言ってあげられることはあると思う。けれど、最初の一歩は自分から踏み出すべきだと思うのだ。こういう性的指向で生きていくには、それなりに覚悟が必要になるときもあるのだ。だからこそ、人に背中を押されてそうなったと思ってほしくない。これは自分の意思であり、自分という人間の形成する一つの要因なのだと自ら認めてほしい。

「でも、おまえは人に教えることに向いていると思う。それは才能だ。自分ができても人にうまく伝えられないという者も少なくない。教えるのがうまい人間がいるからこそ、新しい才能も生まれてくる」

　同じような教育を受けてきた二人だが、純也は晃のような派手な世界に心惹かれることはなかった。晃の行動力や判断力にはいつも感心しているが、晃もまた純也のやっていることをちゃんと認めてくれているのは嬉しい。

「おまえのことはけっこう自慢に思っているんだ。職場でもよく話題に出しているからみんな興味津々でさ、今度連れてこいってさ」

　ときおりこういうこっ恥《ぱ》ずかしいことを真顔で言うから、純也はたまらずそっぽを向いて話題を変えるとお茶を濁してしまう。

「ニューヨークは遠いよ。それより、おまえこそ俺の友人の代表例として語れるようなスクープ取ってこいよ。それで局から金一封でたら、俺をハワイ旅行に招待しろ」

「うちの局がそんな気前のいい真似するわけがない。それにハワイ旅行くらい自分で行けよ。教師の給料で行けるだろうが。月旅行じゃないんだからさ」

「月ねぇ。行きたいような行きたくないような……」

正直、宇宙にロマンを感じるタイプではない。夜空の星を見上げながら、ロマンチックな思いよりも明日の自分を考えてしまうような人間だ。

「でも、ハワイはいいよな。久しぶりにまったりとした空気の中で、海を眺めて一日ボーッとしていたい」

晃が何度か出かけたハワイの休暇を思い出しながら言った。純也も少年時代に両親に連れられて二度、その後晃と一緒に一度出かけたことがある。

その当時、晃は日本のテレビ局に勤めているときで、慌しいスケジュールだったがそれなりに解放感は味わえた。北米にいたときのハワイの休暇はのんびりできるうえ、サンフランシスコよりも日本を近くに感じられるのが楽しかった。

また、日本からハワイに行けば、やっぱりのんびりできるうえ、反対に北米の生活を懐かしむ感覚がある。晃も純也もともに北米で少年期を過ごした経験があるので、そういう感覚を共有できるのがいい。

だが、晃が北米で仕事をするようになってから、二人で旅行に行く機会はなくなった。何度もニューヨークに遊びにくるよう誘われてはいるが、この六年間というもの一度も会いにいくことはしていない。理由は単に遠いということと、意地になっているだけ。

それに、晃は取材を兼ねてちょくちょく日本にくるし、自分が行くまでもなく会っているからいいじゃないかというのが言い訳だった。

だいたい、会いにいったところで、この男は忙しいに決まっている。今だって一緒に食事をしながら、ときおり視線がリビングのテレビで流しているケーブルチャンネルのワールドニュースに向かっている。そのリビングのコーヒーテーブルの上には晃のパソコンがあって、横にはファイルや資料や雑誌などが積まれている。

昨日日本に着いたばかりで、今朝方純也を見送ったあと、すでにこの部屋のリビングは彼のオフィスと化していた。もちろん、取材の途中に立ち寄っただけで、休暇ではないのだから仕事をしているのは当然だが、いつ帰国しても純也の部屋ではこんな状態になる。

「ところでさ、週末は……」

純也が言いかけたところで、晃の携帯電話が鳴った。悪いと片手で純也の言葉を遮って電話に出る。

こうしてひっきりなしに電話もかかってくる。追っているニュースの最新情報が入ればすぐに連絡がくるようになっているのだろう。特に今回は危険を伴う地域への現地潜入レポートだから慎重にやってもらいたいが、それにしてもせっかくの食事も落ち着かない。

英語の会話は呆れるくらい早口だ。もともと話すスピードが速いほうだったが、現在の局に入ってからは以前以上に速いし、語彙《ごい》も多い。純也でもときおりそれはいったいなんの例えなんだと首を傾げるような表現を使っている。おそらく、ニューヨークで流行《はや》っている言い回しや、局内でよく使われる表現だったりするのだろう。

聞いているだけで純也も生きた英語の勉強にはなるが、ときどき生々しく危険な匂《にお》いのすることを話しているので頬《ほお》が引きつるときがある。

今も電話の向こうから漏れてくる声が、「負傷者が……」とか、「報道局長からストップがかかるかも……」などと言っている。もしかして、これから晃が向かう現地で何かトラブルが起きたのだろうか。思わず案じて聞き耳を立てているが、晃が席を立ってキッチンのほうへ行ってしまったので会話の内容が聞き取れなくなってしまった。

晃は純也と冗談を言っているときとはまるで違う真剣な声で、「絶対に大丈夫だ」、「行かなければわからないだろう」などと相手を説得している様子だ。

一気に食事の味がわからなくなる。何か危ないことをしようとしているんじゃないだろうかと心配になる。以前にもアジアの某国で起きた軍事クーデターをレポートしに行って、危うく銃撃戦に巻き込まれそうになっていた。あのときは、軍の首謀者が三日後には首相側についた警察組織によって殺害されて、比較的早い解決をみたので晃もすぐに北米に戻っていった。

純也ともメールのやりとりはしていたし、彼の無事は随時確認できていたからまだ安心していられた。けれど、今度行く場所はかなりの秘境だ。いまどきインターネットの繋がらないような場所も少ないと思うが、現地が戦場と化していたらジャーナリストもそれなりの覚悟が必要になる。

やがて晃が電話を切って食事の席に戻ってくる。椅子《いす》に座るとき小さな溜息を漏らしたのを見逃さなかったが、すぐに笑顔で純也のグラスにワインをつごうとしている。

「今回の取材、上からストップがかかっているんじゃないのか？」

「あれ、なんか聞こえた？」

すっとぼけた晃は自分のグラスにもワインをそそぐと、またナイフを手にして食事を続ける。

「本当は危ないんだろう？　一緒に行くのが女性だって言ってたけど、そんなことが安全基準になるとも思えない。だいたい、そのシニアプロデューサーってどんな人？」

どんな人物でもいいが、ニュースジャンキーで暴走男の晃のブレーキになってくれるような冷静な人物だったらいいと思って聞いただけだ。

「アユミ・グレイグ。三十六歳。日米ハーフ。ポートランド生まれのニューヨーク育ち。アイビーリーグ出身。英語、日本語の他に北京《ペキン》語が得意な才女だ。黒髪、ブラウンアイのスレンダー美人。たまにリポーターとして画面に出ると視聴率が上がるから何度も転向しないかと勧められたが、本人はあくまでもプロデューサーとしてやっていきたいとのことだ」

人種の坩堝《るつぼ》のニューヨークだから何系のアメリカ人でも驚くことはないが、日米ハーフというのは予測外だった。

「ほら、これが写真。どうだ、いい女だろう？」

確かに、美人だ。それもただ容貌が整っているというのではなく、知性が目元にばっちり出ているタイプ。それでも美貌が鼻につかないのは、東洋人の血が頬や口元に独特の柔らかさを出しているから。つややかな黒髪は彼女のトレードマークらしく、後ろできっちり結わえたスタイルがアクティブでいてセクシーという印象を与えている。

彼女がカメラを見据えて語りかけてくれば、誰もの視線が釘付《くぎづ》けになることは間違いないだろう。ゲイの純也でも思わず口笛を吹きたくなるくらいだ。だが、問題はそのあとの晃の言葉だった。

「局では俺の三年先輩にあたるが、けっこう気が合う。局内でも俺たちがつき合っていると誤解している連中もいるくらいだ」

確かに、二人が並んでいたらかなりの美男美女の一対だ。一瞬、晃でさえも女に転びそうになったかと危機感を覚えたが、そうではなかった。実際はそれよりも悪かった。

「ゲイだからないって言ってんだけどね。それより気が合う理由は他にある。なにしろ彼女は俺以上のニュースジャンキーで、通称『魚雷女』なんだよな」

内心、「うわぁぁぁぁぁーっ」と叫びそうになる。そんな女と晃を一緒にして、政情不安な危険エリアの取材に出したら絶対に駄目だろう。だが、人の気も知らないで、晃はアユミというプロデューサーの過去の「魚雷女」っぷりをとうとうと語る。

中でもSPに抱きかかえられながらも、副大統領から不倫問題についてコメントを引っ張り出したのは今でも語り草になっているという。その映像は純也もケーブルテレビのワールドニュースで見た記憶があるが、まさかあのときの女性リポーターが晃の相棒とは思わなかった。

「で、今回行く現場では彼女の北京語が役立つだろうから組むことになったけれど、彼女を止められるのは俺だけってのも理由だ」

「ちょ、ちょっと待て。『暴走男』に『魚雷女』って、どっちも走り出したら止まらないってことじゃないか。おたくらの上司は何考えてんの？　絶対組ませたら駄目な二人を、揃って危険な紛争地帯に送り込むなんておかしいだろ。むしろ止めないと……」

「そんなことないって。アユミはともかく、俺はクールな日本人で通っているんだぞ。だいたい、俺と十年以上のつき合いなのに、なぜそういう誤解をしているのかなぁ？　不思議な奴め」

グリグリと拳《こぶし》を二の腕に押しつけられても困る。十年以上のつき合いで、なぜ誤解されていると誤解しているのか、そっちのほうが純也には不思議だ。

今回の彼らが取材しようとしているのはアジアの某国で、この十数年で目覚《めざま》しい経済発展を遂げている。

アジアの巨大工場である大国における人件費の高騰が問題になりつつある今、世界の企業は資本をその大国から某国へと移しつつある。当然ながら、そのアジアの大国は面白いはずがない。

そこでかねてよりくすぶっている民族紛争を利用して領土侵犯により、自国の利益を取り戻そうとしている。もちろん、世界はそんな横暴を許すまじとその状況を注視している。万一のことがあれば、世界の警察であるアメリカは軍事介入をせざるを得ないかもしれない。それゆえに、アメリカの報道関係者はアジアの小国でしかない某国での取材合戦を熱く繰り広げている。そして、日本から見ている以上に現場は緊迫しているらしい。

「実際のところ、現地はどうなってるんだ？」

「反政府をかかげている民族がかなり勢いづいている。大国から武器と資金の援助を受けているが、その事実を多くの国民は知らず、政府が一方的に力で少数民族を押さえ込もうとしていると誤解している。報道そのものが操作され、歪《ゆが》められている可能性がある」

「報道はどこまで近づける？」

「現在一番戦火が激しいのが×××の街だ。街はもう戦場と化していて住人もすでに退去して、隣国との国境の村で難民となっている。報道の連中はそこからさらに少し離れた町をベースにして、現地の案内とともに取材にあたる予定だ」

どう考えても危険だ。だが、行くなと言ってやめる男ではない。純也は重い溜息をつくとワインを飲んだ。晃も純也の気持ちはわかっているはずだ。つき合いもこれだけ長くなると、相手の考えていることが手に取るようにわかる。

やりたいことがあって、やらなければならないことがあって、心配している人がいてもやらない自分は許せない。晃はそう考えているはずだ。そして、純也は彼がやりたいと思っていることを止める権利はないと知っている。長いつき合いだからこそ、他の誰でなくても自分だけは理解してあげたいし応援してやりたいと思う。

ただ、心配することはやめられないだけ。それは、やっぱり好きだから。そして、友人という以上の感情で、純也が晃を案じていることを彼はわかっているのだろうか。まったく違う分野で働いていても、仕事に関しては互いに理解し合っているし、認め合っていると思う。けれど、プライベートに関してはどこまでも曖昧《あいまい》だ。

しばらく食卓を挟んで沈黙が続いた。互いにいろいろと心の中で思うものがある。だが、つき合いが長いほどに言えない言葉というものもあるのだ。

（これからどうすんの？　おまえは俺といつまで一緒にいるの？　俺たちはこの先もつき合うの？　っていうか、そもそも俺たちってどういう関係？）

全部聞きたいけど聞けないままの言葉ばかり。少しばかり落ち込んでみても、美味しい食事はきっちり食べる。何しろ晃といればこういう気分になるのは昨日、今日始まったことではないからだ。慣れなければやっていられない。そして、そんな気分でも美味しいものは美味しいから食べるのだ。

「コーヒー飲む？　夕飯作ってもらったから、今夜は俺が淹れるよ」

「じゃ、頼む」

そう言った晃がテーブルを片付けていると、ふと手を止めてこちらを見た。

「ところで、今週末だけど……」

それはさっき純也が言いかけた言葉だ。久しぶりに二人でどこかへ出かけてみないかと誘うつもりだったが、なぜか晃の口からその言葉が先に出た。純也がコーヒーメーカーをセットしながら晃のほうを見ると、いつもの彼らしくもない、ちょっと真面目な顔をしていた。だが、すぐに純也の視線に気づいてにっこり笑うと言った。

「久しぶりに一緒に出かけようか？」

「えっ、何言ってんの？　どうせ仕事で忙しいんじゃないの？」

本当は自分から誘おうと思っていたが、いきなり晃のほうからそんな言葉が出てかえって困惑してしまった。

「いや、仕事はあるけど、きりがないからな。たまには休まないと。というわけで、デートだ、デート」

晃らしくない言葉だと思ったけれど、それよりも「デート」という響きに純也の頭の中でカランカランと能天気なベルが鳴った。そして、声がひっくり返った。

「デ、デートォ？」

言った晃も急に照れくさくなったのか、口ごもりがちになって視線を泳がせて訊いてくる。

「な、なんだよっ？　いやなのかっ？」

「いや、いやじゃないけど、なんか変な気が……」

「変とか言うなよぉ」

「だって、あらたまってそういうこと言う？　もう三十三なのにさ」

「歳は関係ないだろうが、歳はさぁ。五十になっても、六十になってもデートはするだろう」

などと意味のない会話をしながら、片やせっせと片付けをしつつ、片方は赤い顔でコーヒーの準備をしている。

それでも、食事のあとには交代で風呂に入り、同じベッドで横になればやることはやる。子どもじゃないし三十三だし、今やっておかないと次はいつかわからないから。

「あっ、いや、そこ……っ」

「えっ、いやなの？　そんなことないだろう。ここを中から押されるのが好きなのは知ってんだからな。嘘つきにはいいもんやらないぞ」

「何をエロ親父みたいなこと言って……あっ、あん……っ、いい……っ」

「ほら、みろ。いいんだろ？　っていうか、俺もいい……っ、あっ、クソッ、ちょっと待てっ。相変わらずいやらしい舌してんな。おい、まだいかせるなよ」

晃の顔に跨っている純也は彼の股間に顔を埋《うず》めているという、あられもない格好で互いのものを刺激している状態だ。

正直、純也は苦手なスタイルだが、やっている最中にはもう恥じらいの欠片もない。互いのいいところなど知り尽くした関係だから、その気になれば相手を瞬殺することもできる。でも、しないだけ。それは自分がより貪欲に楽しみたいという理由からだ。

「おまえって、大学のときから童顔の見た目はほとんど変わってないくせに、口も体もマジでエロいよなぁ。もうスキモノっていうか淫乱っていうか、エロエロで……」

「黙れっ。大学のときからエロ親父みたいなことばっかり言う男だったけど、最近は年齢が口調に追いついてきて、なおさらお下劣だぞ」

万一にも人が聞けば、馬鹿かと吐き捨てそうなくらい赤裸々すぎて情けない会話だ。「おまえがエロい」、「いや、おまえのほうがエロい」と、エロエロのオンパレードで下品極まりないが、やっていることはどっちもどっちのエロさだった。

そんな言い合いをしている最中に、晃がいきなり体を起こしたかと思うと、体を入れ替えて正常位になり純也を抱き締めてきた。キスを繰り返しながら、一つになるために必要なことを一通りすませると、慣れた体同士がぴったりと重なり合う。

つき合っているのかつき合っていないのかよくわからない状態なのに、呆れるくらいやることはやりまくっている。そして、晃はまるでうなされるかのように名前を呼んでまた唇を重ねてくるのだ。

「純也、純也……っ、ああ、おまえはいいよな。本当におまえがいい。なぁ、おまえも俺がいい？　俺のことが好きか？」

「何、がっついてんの？　馬鹿だな……」

きまりきったことを訊かれても、下半身ドロドロのこの状態で真面目に答えるのもちょっと間抜けな気がしてついごまかしてしまう。

「だって、俺さ、やっぱりおまえがいいなぁって思ってさ。っていうか、おまえしか駄目だなぁって思うんだよ」

そうしみじみと言われて嬉しくないわけではないが、こういうときの言葉というのはどうにも信用性に足りない。セックスの最中でなく、もっと真面目に面と向かって言ってみろと思うけれど、同じ男でありながら言えない自分の駄目っぷりもわかっているから一方的に晃を責めるわけにもいかない。

（ああ……っ、男同士って面倒だっ）

自分が女なら、いっそ開き直って「どうするつもりよ。あたし、もう三十三よっ」と怒鳴れるのかもしれないが、男で同性だからこそ言えないこともあるのだ。

でも、今週末はデートだ。少しはロマンチックなムードにでもなれば何か言えるかもしれない。言ってやらなければならない、言ってやるぞと思いつつ、果てて疲れきってしまい決意も曖昧なまま眠りに落ちる。

明け方の寒さに震えると、すぐそばに晃の温もりがあってハッとする。人生のおおよそ半分を一緒に生きてきたこの男を、自分は本当に切り離せるのだろうか。なのに、先のことは何もわからないまま。そう思うと、なんだかこの温もりが愛《いと》しいんだか悔しいんだかわからなくなる。

男女なら幻想のまま結婚という誓約書で一生を誓い合い、世間がそれを認めてくれるというのに、男同士には何一つ確かなものがない。

愛なんて馬鹿みたいだ。なのに、愛だけが今の自分の人生に足りていなくて、愛だけがほしいと願っている。男でも女でも、それがなくては生きていくのが辛い。まるで、ときに強くときに柔らかな太陽の光のように、あるいは優しく命を育《はぐく》む恵みの雨のように、人にはやっぱり愛が必要なのだ。

「何、この街。人が多すぎるだろうっ」

などとニューヨークで暮らしている男が頭を抱えているので、「とっとと田舎へ帰れ、田舎もん」と英語で言ってやる。

人の多さは同じでも、なんとなくその密度が違うというのだ。わからないでもない。日本という国は国土が狭いせいか、人と人との距離が近い。と同時に、他人を見る目が非常に厳しい。それがこの国独特の秩序や美徳を生み出しているのも事実だ。ある意味、日本の大都市は人の目が世界のどこよりもシビアだと言える。そして、その緊張感の中に生まれてくる美意識が、世界のアートシーンを牽引《けんいん》しているのだと思う。

純也は日本人であって北米で教育を受け、異文化間のどちらの生活にも順応できている自分を知っている。晃も間違いなくそうだ。だが、そんな二人であっても、晃と純也はそれぞれ自分の中にある日本人を違った形で意識しているところがある。

純也はあくまでも北米文化を理解している日本人という感覚でいるが、晃のほうは日本人でいて北米の個人主義を強く意識しているところがある。

何が違うのかということを純也自身、英語を教えながらずっと考えてきた。そして、ようやく達した結論は「自由」に対する意識だということ。北米では自由であり、自らの選択権が何よりも大切なのだ。それは政治的な思想から毎日飲む牛乳の脂肪分まで、徹底的に自由な選択を求める。

ところが、日本にいると協調性が何よりも大切になる。ときには己自身さえ殺して、人とうまくやっていける人間が、己を主張する人間よりも徳があると思われる。

どちらの国のどちらの生き方も間違いではないだろう。ただ、晃は自分の生活を北米に置いているからより自由を尊重し、純也は日本で生活しているから協調性に重きを置いているだけだ。

その日、デートという名目で東京の外国人に人気のコースを巡り、新名所となったタワーにもやってきたのだが、高いところが珍しくもない晃はそこに入っている店舗のほうに関心があるようだった。それも、こじゃれたショップより昔ながらのみやげ物を売っているような店に入って興奮している。

「うわぁ、この無駄に長いクッキー、スタッフに受けるかな。それとも人形焼のほうがいいかな。隠れオタクのジムにはこのアニメキャラ入りにするか。リンジーはこの間の取材で世話になったから、こっちのバームクーヘンにしておこう」

局のスタッフへの土産を夢中で考えているが、その前に危険な取材があることをよもや忘れていないだろうなと聞きたくなる。こういう覚悟の緩さが油断に繋《つな》がらないかと心配になるのだが、当の本人は例によってその場にいないのに緊張しても意味はないと思っているのだ。

「まだ当分は向こうにいるつもりなんだろう？」

土産選びに忙しい晃に、なにげなく訊いてみる。

「そうだな。今の仕事にはやりがいを感じている。多分、俺の性格じゃ日本の報道関係では厳しいと思う。日本には日本の報道姿勢がある。ときには苛立《いらだ》つほどまどろっこしいが、ある部分ではアメリカよりも規制の曖昧さがあってやりやすかったりもする。どちらの国も一長一短だけど、俺にとっては今の局が向いている。まだまだ勉強できることがある」

思っていたとおりの答えが返ってきてべつにがっかりもしないが、小さくわからないように溜息を漏らす。

ありきたりなコースで東京観光をしたあとは、適当な店で昼食を摂《と》った。自分でも料理の腕があって食にはわりとうるさいほうだが、外で食べるのはB級グルメも好きな晃なので店選びに頭を悩ます必要もない。

新名所の足元からほんの少し離れた路地で、何十年も前から変わらず営業している中華料理屋に入ると、ラーメンライスとレバニラ炒《いた》め、焼き餃子《ギョーザ》を二人前ずつ注文した。

「こういうもんが喰えないんだよな。向こうの中華は北米向きにアレンジされていて、どうにも口に合わない。フォーチューンクッキー以外に中華を食べる楽しみがない」

「そうは言うけど、日本で食べている中華だって日本人が改良した味だ。ついでに、フォーチューンクッキーは日本が発祥らしいよ」

「俺はべつに北米の中華を非難してないぞ。俺の口には合わないって言っているだけだ」

「アメリカで自由を謳歌《おうか》して、日本で食文化を楽しみ、どこまでも気ままな奴だな」

「責任感のある気ままは許されるんだよ」

「まったく、ああ言えばこう言うし……」

純也が呆れたように肩を竦めてみせると、晃はにっこり笑ってみせる。

「もともとこういう性格だったうえに、局で鍛えられているからな。とにかく、発言しない奴はいないのも一緒だ。やりたいこと、調べたいこと、大きなニュースになると思ったこと、なんでも発言しなけりゃ始まらない」

晃の話を聞いていると、彼が厳しい競争社会に生きているのと同時に、本当に時代の最先端にいるのだとあらためて実感する。そして、この必要以上に見てくれのいい三十過ぎの男は、こんな場末の中華料理屋でレバニラ炒めをがっついていてもカッコいいからいやになる。

(おまえって、そんなにいい男なのに、なんでいつまでも俺なんかと一緒にいるの？)

ときどき本気でそう訊きたくなる。けれど、聞きたくない答えが返ってきたらいやなので、あえて訊かないだけ。こういうときの純也は負けず嫌いの欠片もない。見事なまでに小心者なのだ。

レバニラ炒めを三分の一と焼き餃子を二個残した純也の皿を見て手を伸ばすので、「勝手に喰え」と皿を押してやる。そして、全部食べ終わった晃におもむろに言ってやる。

「ニンニク臭いぞー」

「おまえもなー」

というわけで、二人して口臭予防の清涼カプセルを買って噛《か》んでから封切られたばかりの映画を見た。思いっきり笑えてちょっと泣ける映画に、二人して大満足。一日存分に遊んでから、最後には都内の海の見える公園までやってきた。

晩秋の夕暮れどきに二人でベンチに並んで座り、ぼんやりと海を眺める。もう少し若い頃は「男二人」ということに照れがあったり、周囲の視線を意識したりすることもあった。どちらもゲイであることは隠していないが、そういう性的指向に対して嫌悪や偏見がある人もいることは理解している。それもまた個人の自由なのだから、自分たちの関係を理解しろと強要するつもりはない。

ただ、以前はそういう互いの立場の違いを尊重することを意識しすぎて、かえって世間に対して自分たちのほうがぎこちない態度になっていた部分はある。

「手、繋ぐ?」

肩が触れ合うくらい近くに座っていたが、それだけでは足りないとでもいうように晃が訊いてくる。べつに慌てることも、照れることもない。周囲の視線などどうでもいいので、純也がボソリと答える。

「繋ぎたいならいいけど」

「繋ぎたいなぁ。暮れなずむ海を見ながら、純也と手を繋ぎたい」

臆面《おくめん》もなくそういうことを口にするので、さっさと手を出してやると晃の大きな手がしっかりと握ってくる。どうせ周囲もカップルばかりで自分たちのことに夢中なのだ。晃と純也もはたから見ればばりっぱな「馬鹿ップル」になって、互いの温もりを感じ合う。

手を握っていれば、そこから気持ちが伝わるなんてことはない。男女の仲ならそういうことはあると言われたらそうなんですかとしか言いようがないが、晃の気持ちは微塵《みじん》も伝わってこない。だから、きっと純也の気持ちも伝わっていないのだろう。

遠くに離れていてもこんなに近くにいても、心は伝わらないままだ。こういう気持ちを寂しいというんじゃないかと思ったが、認めればよけい辛くなりそうだった。

「なぁ、ご両親はどうしてる？　まだ結婚とか薦めてくるのか？」

「そうだね。たまに思い出したように言ってくるかな……」

「ちゃんと話すつもりはないのか？」

それはおまえ次第だと怒鳴りたい気持ちもあるが、ぐっと呑み込み適当に笑ってごまかしておく。

純也は自分の性的指向を認めてから、大学に入るのを待って都内に実家があるものの家を出た。もちろん、家族仲が悪いわけではない。一人息子のことはいつだって気にかけてくれているし、充分に理解ある両親だと思う。それでも、彼らにゲイだと打ち明けていないのは、自分が中途半端な状態にあるからだ。

誰か一緒に生きていくと決めたパートナーができたなら、はっきりとそれを告げる覚悟はある。ただ、そういう人がいないまま独り身でいるなら、単に良縁に恵まれなかった寂しい男として、ゲイであることを教える必要もないと思うのだ。

孫が抱けないだけでもショックだろうし、その理由が一人息子の性的指向のせいだと知れば残念に残念が重なるだけだ。ずるいと言われるかもしれないが、これも純也にしてみれば親への思いやりのつもりだった。

「必要があれば話すけどね。今のところはまだ……。そういうそっちこそどうなってんの?」

「うちは昔から放任だからな。俺がゲイだってこともう知っているし」

晃の場合はまだ北米に住んでいるハイスクール時代に部屋で男友達といちゃついていたところ、誰もいないと思って掃除に入ってきた母親に見つかるという、典型的なアクシデントによるカミングアウトだ。

驚いた晃と顔を見合わせて、そのままそっと出ていった母親が当然のように父親に話しただろうが、その後親から何か確認されたことはないという。ただ、純也の家と違って三十を過ぎたからといって、結婚や彼女のことを訊いてくることはないらしい。

結婚はどうするんだと訊いて、いきなり男を紹介されるのも困る。だったら、とりあえず覚悟だけはしておいて、そのときがくるまでそっとしておこうという考えらしい。

「万に一つでも、この先女に目覚めるかもしれないと期待しているのかもな。無理だからと言い切るのも気の毒なんで、あえてお互いその件に触れずにやっているけど、同じ屋根の下とか同じ都内にいたらもう少し干渉があるかもな」

諦めていないという点においては純也の親と同じということになる。突き詰めていけば、息子も家庭を持って幸せになってほしいという思いの他に、孫が抱きたいという捨てがたい願望があるのだろう。気持ちはわからないでもない。

というのも、ゲイでありながらふと思うのは、晃との間に子どもがいたらどんなふうに生きているのだろうと考えることがあるから。もちろん、普通の家庭とは違うけれど、養子をもらって二人で大切に育てていけたらきっと自分たちの人生は今よりもずっと心が豊かになれるだろう。

(夢みたいな話だけどね……)

日本ではゲイのカップルが養子をもらうなんて、あまりにもハードルが高い話だ。男女のカップルでさえさまざまな審査を受けて、その資格がありと認められるには多くの条件をクリアしなければならないのだ。そもそも、里親や養子の制度が日本は他の先進国に比べて極端に厳しく難しい。また、人々の倫理的な観念もその制度に追いついてきていない。

本当の親子でなければ無償の愛は育めないという神話《けう》は、この国では容易には崩れない。そうでない親子が大勢いても、それはあくまでも稀有な少数の例だと思われてしまう。まして、同性愛者の間で健全な子どもが育つのかという議論さえ未だにあるのだから、北米の感覚からすれば驚いてしまう。だが、それが日本の現実で、それに拳を上げて反対をしなければばならない立場にあるわけでもない自分自身の現状なのだ。

「親にはさ、申し訳ないと思うこともあるよ。でも、誰を好きになるかは自分の意思だ。この世に生まれ落ちた瞬間から、個人に与えられた自由だと思う」

「自由には責任が伴うんだ。親を悲しませてまで自分の自由を求めていいのかって思うこともあるよ」

自分たちは北米で教育を受けたから、個人というものを強く意識して生きている。だが、親の世代はあくまでも日本で生まれ、日本という社会の中で教育を受けてきた。いくら北米に赴任していたからといっても、理解できないことは多々あって当然のことだ。そういう精神的な狭間《はざま》に生きている両親に自分たちの世代の感覚を理解しろというのは無理だとわかっている。

「まぁ、両親も必死なんだってことはわかる」

「晃……」

晃が彼らしくない苦笑とともに溜息を一つ漏らして言った。

「両親には両親の願いも希望もあるってことだよな。応えられないことに罪悪感を覚えるなって言われても無理だけど、だったら女を好きになれるかって言われてもどうすることもできやしないしな」

「それはそうだけど……」

肩を寄せ合い、互いの手を握り合い、二人は二人にしか理解できない心の痛みを語り合っている。こんなことをしていて何が解決するわけでもないのに、三十を過ぎてもまだ自分たちの人生がわからないのだ。

「あのさ、純也……」

晃が手を握ったまま前の海を見つめて呟いた。純也も彼のほうは向かないまま、握られている手の温もりを感じているだけだった。

「実は、今度の取材で……」

「けっこう危険なんだろ？　どうせ上は止めたのに、無理を通してその女性プロデューサーと行くことにしたんだろうが」

晃の言いたいことはなんとなくわかったので、先にそう言ってやった。だいたい、いつもかなりタイトなスケジュールで取材に出るくせに、今回にかぎって日本に四、五日も滞在していくなんて奇妙だ。どう考えても、万一に備えて家族や親しい者と顔を合わせておこうとしているのが透けて見えていていやな感じだ。

「純也はなんでもお見通しだな。まぁ、そんな感じだ。でも、死なないから心配すんな」

「当たり前だ。うっかり死んだりしたら、人相が変わるくらい遺体を殴ってやる」

「怖いねぇ。でも、それって遺体が残ってたらの話だろ」

「そっちのほうが怖いだろうがっ」

爆弾で木っ端《こっぱ》微塵になって、まともな遺体さえ戻ってこないこともあるという意味だ。

「死なないよ。俺は死なない。絶対にな……」

「うん、死ぬな、絶対に……」

二人は手を握ったままキスをした。男同士であることに誰かが気づいたからといって、どうってこともない。どうせ、周囲はすっかり夜の闇に沈んでいたし、指を刺されて何か言われてもたいしたことじゃない。日本では北米のホモフォビアと呼ばれるゲイを嫌悪する人たちが口にするような、強烈な罵声《ばせい》を浴びせられることもない。

その夜、純也の部屋に戻って一緒に風呂に入り、いつもどおり抱き合って眠った。もう一日二人で休暇を過ごせる。明日は出かけることなく、ゆっくり部屋で過ごそうと思っていた。

二人で近所に買い物に行き、一緒に料理をして、好きなビデオでも見て、セックスをする。デートももちろん楽しいが、同棲している恋人同士の日常のような真似をして過ごす一日も楽しいだろう。

明日、一日晃と楽しい時間を過ごしたら、純也は覚悟をしようと思っていた。これから危険な取材に出向く彼には言えないけれど、彼が無事に戻ってきたら自分の口から言おうと思う。

（もう、おしまいにしよう……）

はっきりと告げて、自分の人生を仕切り直そう。晃に何かを期待して待ち続ける人生にはもう耐えられない。というより、それは彼に無言の負担を与えてしまっているような気がするのだ。

いっそ純也のほうから別れの意思を伝えれば、晃もこの惰性の関係に終止符を打ってアメリカでこれからのパートナーを見つけて生きていくことができるだろう。

純也は少しばかり寂しくなるけれど、仕方のないことだ。初めての相手と運命をともにできるなんて、最初から思っていなかった。なのに、ここまで一緒にいられただけでも奇跡のようなものだ。

(でも、晃は知らなかったんだろうなぁ……)

男女の仲でさえ、いまどき最初に体を重ねた相手と結婚する人は少ないだろう。まして、ゲイのカップルの場合、あくまでも人によるけれど肉体関係は奔放なところがある。自分に合った相手を見つけることに妥協がないのと同時に、子どもを作るという目的がない分セックスに対して単純に快楽を求めるところがある。

晃がこれまで何人かの男と関係を持っていたことは知っているし、純也を抱いているかたわらで誰かと寝ていたことも薄々気づいてはいた。でも、ステディな関係になるまでは、そんなことを責める権利もないし、そんな野暮な真似をしてどうなるものでもないと思っていた。

たまたま自分が晃以外の男を知らないのは、あくまでも偶然とかタイミングとかの問題でしかない。どこかでその気になれる男から声をかけられていれば、体を重ねていた可能性はあっただろう。

実際、他の男から声がかからなかったわけではないのだ。ただ、晃以上に惹かれる男に出会えないままきてしまっただけ。

まさか三十三まで初恋を引きずって、あげくにこういう形で自分から決着をつけることになるとは思っていなかった。とっくの昔にふられて、別れて、一人の人生を歩んでいたかもしれないのだ。ここまで楽しい夢を見させてもらっただけ、よかったと思うことにしよう。

そして、気持ちよく別れを切り出してあげたいから、ぜひ今度の危険な取材から無事に戻ってきてほしい。

「純也、明日は一日中一緒にいような」

セックスのあと、晃が純也の体を抱き締めたまま言う。

「そうだな。そういう暑苦しいのもたまにはいいか……」

本当は嬉しいけれど、ちょっと憎まれ口っぽく言ってやる。目が覚めたら最後の一日かと思うと眠りに落ちるのが勿体《もったい》ないけれど、もう「おやすみ」と呟くこともできないくらい今日は疲れきっていた。

◆◆

目が覚めたとき、ベッドの隣に晃の姿がなかった。ベッドサイドの小型のデジタル時計で時間を確認したら、まだ六時過ぎ。トイレにでも行ったのかと思ったが、リビングのほうから何やらゴソゴソと慌ただしげな物音がしている。

「何やってんの？」

純也もベッドから下りてリビングに顔を出すと、晃が荷造りをしていた。最後の一日はずっと一緒にいようと言っていたけれど、そういうわけにもいかなくなったようだ。彼の表情は申し訳なさと厳しさが入り混じっている。

「すまない。アユミから電話があった。彼女は今日の昼には香港に着く。俺も今から香港に飛んで、彼女と落ち合って現地に入ることにした」

「そ、そうか……」

呟いた純也がテレビのリモコンを手にしてケーブルのニュースチャンネルを入れる。すると、ちょうど晃たちが向かおうとしている国の反政府デモが激化して、鎮圧のために軍が動き出したことを報道していた。

すでに廃墟と化した街を望遠で映した映像の中、戦車が数台連なって進む様子が映っている。そして、そんな戦車の向こうのレンガの壁の裏にはきっと反政府派の少数民族の戦士たちが、ライフルを抱えて潜んでいるのだろう。傷ましさの漂う映像を見つめながら晃が言う。

「この国の政治に介入することはできない。するべきではない。だが、真実は伝えなければならない」

アメリカの立場は微妙だ。実質的に反政府デモといっても、アジアの大国が少数民族を利用してその国を支配しようとしているも同然だ。それを声高《こわだか》に非難してアメリカが出て行けば、アメリカとアジアの大国が代理で戦争をする構図になる。それでは、過去の過ちを繰り返すことになりかねない。

「晃……」

それでも、晃が行かなければならない理由はないだろうと、思わず口に出てしまいそうになる。そんな危険なことは他の誰かにまかせておけばいい。現地から届くレポートを局でまとめていればいい。そうすれば、純也は晃の身を案じてこんなにも心を痛めることもない。ものすごく身勝手な言い分だとわかっていても、腹の底の本音にはそういう気持ちがあるのも事実なのだ。

自分の愛する人さえ無事でいてくれればいい。そう祈る気持ちは言葉にはできない。ただ、彼の姿を見つめたままじっと己の葛藤《かっとう》と戦うしかない。

やがて晃が荷物をまとめ終えると、バックパックを背負い、ショルダーを肩にかけ、パソコンの入ったケースを小脇《こわき》に抱えて玄関に向かう。

「晃……っ」

名前を呼んで彼のあとを追って玄関までついていく。晃は玄関で靴を履くと、一度振り返って空いているほうの片手で純也の二の腕を引き寄せる。

唇が重なって一瞬感じた温もりに涙が出そうになる。行くなと縋りつきそうになる自分を抑えるのが精一杯で、どうしたらいいのかわからない。でも、言っておかなければならないことがある。きっと無事に帰ってきてくれるはずだから、そのときの約束をしておかなければならない。

「あ、あのさ、晃、俺……」

唇が離れた瞬間、純也が晃に言いかけた。彼が無事に帰ってきたときが、二人の関係にけじめをつけるときだ。だが、それを言うよりも早く、晃のほうが純也に言った。

「大丈夫。きっと無事に戻ってくる。それでさ、戻ってきたらおまえにどうしても話さなければならないことがある。だから……」

晃の言葉に純也の心がぎゅっと締めつけられた。もしかして、晃も純也と同じことを考えているのだろうか。無事に帰国したら、今度こそ二人の関係に終止符を打って、それぞれ新たな人生を歩み出そうと告げるつもりなのかもしれない。

もちろん、覚悟はできている。そう言って頷《うなず》こうとしたとき、晃の携帯電話が鳴った。ハ

ッとしたように互いが顔を見合わせて、晃がそれに出る。すぐに英語で会話を始めたので、局のスタッフの誰かだとわかる。晃は会話を続けながらも、純也の体を今一度抱き締めると玄関ドアを出て行く。

純也がたまらず裸足《はだし》のまま外廊下へ飛び出したが、晃はもう振り返ることなく携帯電話での会話を続けながらエレベーターホールへと向かう。

もしこの背中が最後の彼となったらどうしよう。そんな不吉なことを考える自分を叱り、パジャマの胸元を強く握り締める。

（ああ、またお守りを渡し損ねた……）

別れてもいい。この先の人生が重なり合わなくてもいい。ただ、無事で帰ってきてほしい。晃という存在がこの世にいてくれるだけでいいと思うから。そして、彼が他の誰かと一緒になって幸せになるのならそれでもいい。とにかく、晃が自分の生きているこの世界から忽然《こつぜん》と消えてなくなることだけは我慢できなかった。

「先生、午後からのクラスで使うプリント、コピーしておかなくていいの？」

教員室のデスクに座ったままぼんやりとしていると、純也の背後から声がかかる。ハッとしたように振り返ったら、次の授業を受ける女生徒が二人怪訝《けげん》な表情でこちらを見ている。

「えっ、あっ、ああ、プリント。そうだ、コピーしておかなくちゃ……」

純也が立ち上がってプリントを手にしたままコピー機に向かうと、生徒たちが慌てて後ろをついてくる。

「先生、先生ってば。だから、それ、日直の仕事。なんで自分でやってんの？」

「えっ、あっ、ああ、そうか。そうだよね。えっと、じゃ、お願い……」

うっかりしている自分をごまかすように照れた笑いを浮かべてみせるが、女の子たちはすっかり呆れた様子で肩を竦めている。

「ホント、おかしいよ。もう、この間からずっとボーッとしてるんだもん。ねぇ、なんかあったの？　あっ、もしかして、彼女にふられたとか？」

「そういえば、三上先生の恋人ってどんな人？　三十過ぎてるし、いるよね、彼女。美人？日本人？　ねぇ、教えてよぉ」
十六、七の女生徒のかしましいのは当然で、若い教師にタメ口をきくのも近頃では珍しくもない。若いといっても純也の場合もう三十三だが、なにしろ自他共に認める童顔なのだ。
それに、この学校は外国人教師以外では、すでに公立や他の私立高校で何年も教鞭《きょうべん》を取って、その後ここへやってきたという老齢の教師も多い。生徒たちが気軽にタメ口をきけるのは、純也くらいしかいないのだ。

「プライベートは話さないって言ってるだろ。何を訊かれてもノーコメントだ」

それは純也のいつもの口癖だった。そう言ってかしましい女生徒をかわさなければ、どこまでも突っ込まれてしまう。ちょっとでも何かそれらしいことを口にすれば、そこに尾ひれがついてどんどんすごいことになっていくのは目に見えている。まして、ゲイなどとわかったら、いい意味でも悪い意味でもしばらくは大はしゃぎするのに事足りる話題だ。

男子生徒の場合は女子とは違って、もう少し真剣に相談を持ちかけてくるような子もいる。親にも言えず、友人にも言えないようなことを、なんとなく純也には言えると思うことがあるらしい。自分のプライベートを話さないことで、口が堅くて信用できると思われているのかもしれない。

自分たちより少し年上の兄貴的存在だと思い頼ってくるのなら、そういう連中には大人としてのアドバイスをするように努めている。

「相変わらず秘密主義なんだから。でもさ、心配してるんだよ。あたしたちの相談にはのってくれるけど、三上先生は自分のことはなんにも話さないし、ストレス溜《た》まってんじゃないかなぁって」

「高校生に心配してもらうようなことはないよ。自分のことは自分で解決できる大人なんでね」

偉そうに言ってはいるが、実際はまったくそうでもない。自分の長年の悩み事を今回もまったく解決しないまま、晃を危険な取材に見送ってしまった。

「大人ぶってるぅ〜」

まるで胸の内を見透かされたような言葉に、純也は苦笑とともに彼女たちを教員室から送り出す。自分もあと五分で教室に向かわなければならない。今日の会話の授業ではグループに分かれて、それぞれのテーマでディスカッションをしてもらう。

英文法や発音や基礎的なものはネイティブの先生にまかせて、純也の授業では、できるだけ自分の意見を英語で発言する機会を設けるようにしている。授業になるといっさい日本語は使わない。まずは声に出して、「賛成か反対」、「好きか嫌いか」、「頭に浮んだのは何か」など自分の意見を言いはじめることが大切なのだ。

その理由を述べる途中で彼らが単語につまり、熟語を忘れたとしても、それは大きな問題ではない。適切な単語や熟語を知らなかったら、知っているかぎりの単語で表現すればいいし、通じればそれでいいのだ。そして、最終的に純也がより適切な英単語や、表現を補ってやることで彼らは新しいコミュニケーションの術《すべ》を習得していく。

ここはいくらでも失敗して、いくらでも恥をかいて、いくらでもやり直せる場所であるべきで、彼らにもそのことをわかっていてほしい。と同時に、うまくいけば自信にしてほしいし、悔しいと思ったときには次のために勉強してきてほしい。そうやって自分の気持ちや考えを相手に伝えることの心地よさを覚えていってくれればいい。

午後の授業のベルが鳴って、純也が教室に入るとすでにプリントは配り終わっていて、皆がどのテーマでディスカッションに加わるか考えている。

純也はすぐに授業に入ることができる。もちろん、ここからいっさい日本語は使わない。

「今回のテーマは三つ。一番を選んだ人は手前の机に、二番の人は後ろの右側、三番は後ろの左側で集まってみて。人数が偏るようなら、テーマを絞るか変えるかするから」

今回用意したのは、「世界で一番行きたい国」、「外国に紹介したい日本文化」、「日本人が一番大切にしていること」の三つ。必ずどれかについては自分の意見があるはずだが、三番目の「日本人が一番大切にしていること」については、やや抽象的で選択する生徒が少ないかもしれないと思っていた。

ところが、実際別れてみれば、二十人のクラスがほぼ三等分に分かれ、一番少ないグループは二番目の「外国に紹介したい日本文化」で六名。他は七名ずつのグループになった。

「人数は問題ないようだから、このまま進めようか。じゃ、リーダーを決めるから、その人から意見を言って、ディスカッションのスタートだ」

そう言うと、純也は各グループで目についた生徒を一人ずつリーダーに使命する。生徒たちももう純也のクラスを一年近く受けている二年生なので、戸惑うことなくそれぞれのテーマについて口火を切る。

「自分が一番行きたいのはアフリカだな。野生の動物が見たいから」

「日本の文化で紹介したいのは、断然マンガやアニメ。最高にカッコイイから」
「日本人が大切にしているのは、協調性だと思う。でも、それはいい面と悪い面があって……」

どこのグループもいい出だしだった。今回のテーマはこの季節によく使う。というのも、ある程度ディスカッションに慣れてきたときにちょうどいいテーマだからだ。

最初の頃は二十名を半分に分けて、「猫派」か「犬派」か、どちらをペットにしたいなどというディスカッションをしていて、理由を言うのにも前の人と同じ言葉を繰り返してしまう生徒も多かった。だが、最近ではディスカッションの場での意見が必ずしも彼らという人間を評価するためのものではないと理解しているので、少しばかり過激な意見も口にするようになってきた。

もちろん、過激であることを奨励はしないが、当たり障《さわ》りのないことばかりで、自分が本当に心に思っていることを口にしないようでは意味がない。人には言語というコミュニケーションツールが与えられているのだから、それを存分に利用しなければもったいないと思うのだ。

日本人は「雄弁は銀、沈黙は金」というが、それも黙るべきタイミングがあってこその話だ。黙っていても通じるなどというのは、単なる怠けた考えだと言われてしまう。生徒たちのディスカッションを聞いて、ときにアドバイスしながらそんなことを考えていると、ふと晃の言葉を思い出した。

『発言しない奴はいないのも一緒だ。やりたいこと、調べたいこと、大きなニュースになると思ったこと、なんでも発言しなけりゃ始まらない』

そうやって今回の取材に行きたいと自ら名乗り出たのだろう。アユミという気の合うスタッフの後押しもあれば、きっと強気で押したに違いない。局だって危険は承知でも、現地からのレポートはほしい。本人たちが行きたいと強く希望しているのなら、まずは行かせる方向で考えるだろう。

あとはどれだけ晃とアユミが自制心を持って取材に当たってくれるかだ。ニュースと引き換えにしていい命などない。ジャーナリストは生きていてこそ、真実を伝えられるのだと純也は信じている。

（でも、戦場なんだよな……）

弾はどこから飛んでくるかわからない。どんなに注意していても、危険を回避しようと努めていても、予期せぬ事態や不慮の出来事は必ず起こる。

「ジェイ、あの国は今は行けないよね？」

いきなり英語で、教室の前のほうに集まったグループの一人から声がかかった。授業以外のときは「三上先生」と呼ばせているが、授業中は英語なのでイニシャルの「J」を呼び名に使っている。

「あの国って？　ごめん、ちょっと聞こえてなかった」

本当は他のことを考えて注意して聞いていなかったのだが、適当にごまかしてもう一度たずねる。すると、生徒からアジアの小国の名前が飛び出した。あまりにも聞き覚えのあるのは、昨今新聞やテレビニュースでよく見るからというだけではない。そこは他でもない、晃がたった今取材に入っている国だった。

「そうだね、そこは外務省からも現在退避勧告と渡航の延期の情報が出ているな」

「でも、いつかあの国の遺跡を見にいきたいんだ」

「確かに、あそこには有名な世界遺産があるからね。今回の内戦で破壊されなければいいけれどね」

人は歴史の証《あかし》となるりっぱな創造物を残すのに、同じ手でそれを破壊する。だったら、命や人権以上に大切な遺跡があるのかと問われれば、それに首を縦に振ることはできやしない。この世のすべてはあまりにも複雑で、高校生のディスカッションのテーマにさえときに暗雲が立ち込める。

「ああ、早く内戦が終わればいいのにな……」

遺跡を見にいきたいという生徒と純也も同じ気持ちで、心から頷いた。一刻も早く終わってくれれば、晃たちも取材を終えて戻ってくることができるのだから。

晃が純也の部屋を出てすでに一週間が過ぎていた。

あれ以来、現地のニュースは目を皿のようにして探してチェックしているが、今のところ大きな進展はない。だが、未だ抵抗をやめない反政府軍に対し、動きがあればすぐに鎮圧行動に出る軍の態度は変わらない。すでに廃墟《はいきょ》と化した街のそこここで小競《こぜ》り合《あ》いは日々続いており、兵士ばかりでなく逃げ遅れた民間人の女性や子どもにまで被害が出ている。

同じ国に暮らしていて、人は憎しみとともに命を奪い合うこともある。こうして平和な日本に暮らしていると、あまりにも遠くの国の話のように思えるが、そこには自分たちと同じように日々の生活を営む人々がいて、愛する家族や大切な誰かを守りながら懸命に生きようとしているのだ。

世界のどこかの不幸はいずれ自分たちの不幸になるかもしれない。それなのに、真実を知らないままでいるのは愚かだと思う。だが、それ以上に知ろうとしないのは罪だ。そこにある悲惨な現実から目を背けて、自分たちの幸せだけを追求していけば世界はやがて悲しみに満ち溢《あふ》れるだろう。

晃たちは真実を一人でも多くの人に伝えなければならないという使命感をもって、あえて危険な地域へ飛び込んでいった。これまでもそうであったように、今回も根底にあるのはジャーナリストとしての使命感なのだろう。

けれど、彼やアユミ、そしてその他の多くのジャーナリストにも家族があり、愛する人がいて、待っている人たちがいるのだ。

その日も純也は帰宅するなりノートパソコンを立ち上げて、メールチェックをしたあとスカイプもオンラインにしておいた。風呂とトイレ以外、食事もパソコンを横に置いたままだ。いつなんどき晃から連絡が入っても応えられるようにと身構えて暮らしているが、未だに一度もメールすら届かない。

かなりの僻地ではあるし、今は内戦状態なのだから、電波を探すのも拾うのも一苦労だとは思うが、きっと局にはなんらかの形で連絡を取っているはずだ。だったら、こっちにも電話の一本とは言わないが、メールの一本くらい入れろと言いたい。

食事をしているときも、生徒たちの英語のエッセイの添削をしながらも、パソコンのモニターを気にかけている。寝る間際までケーブルテレビのニュースのチャンネルを変えまくり、新しい情報が流れていないか確認して、結局その夜も深夜を過ぎた。

「ああ、もうっ、生きてるなら、生きてるってメールくらい入れろよっ」

結局、晃からの連絡は入らないままで、諦めたようにそう叫ぶとベッドサイドのライトを消した。シーツに潜り込んで目を閉じても眠れそうにない。近頃はそんな夜が続いている。

ほんの一週間ほど前には、このベッドで一緒に眠っていた晃の温もりが恋しい。彼の命を案じる気持ちと、抱き合ったときの熱を欲する淫らな気持ちは同じで、自分という人間があまりにも即物的で少しばかりいやになる。

それでも、これまではこんなふうに晃の不在を不安に思ったことはなかった。二度とあの肌の温もりに触れられないとか、二度とあの減らず口を聞けないとか、二度とあの人好きのする魅惑的な笑みを見ることができないとか、そんなことは想像さえしなかった。

もちろん、肉体関係にけじめをつけたならあの肌の温もりに触れることはなくなるかもしれないが、これから別々の人生を歩んだとしても会えば言葉を交わし元気な姿に安堵し合うことは変わらないはず。

そう信じていたのに、晃は何もかも中途半端なままで旅立ってしまったから純也の気持ちはどこへも行けないままだ。

『戻ってきたらおまえにどうしても話さなければならないことがある。だから……』

晃が最後に残していった言葉。あのときは、自分から切り出そうと思っていた別れ話だろうかと思っていた。だったら、受けとめる覚悟はあるから、とにかく無事に戻ってきてと祈った。けれど、近頃になって考えているうちに、ちょっと違うような気もしてきたのだ。

別れ話なら一緒に過ごした数日間の間に、何度でも切り出すことができたはずだ。純也の気持ちを気遣ってくれたのかもしれないが、それも奇妙な話だ。もし、晃が本当に命の危険を感じているならば、それこそ二人の関係を清算してからのほうが迷いなく取材に旅立てたと思う。

それに、彼はきっと無事に戻ってくると言ったのだ。無事に戻ってきたら話すのが、別れ話ということがあるのだろうか。純也の心にそんな迷いがふつふつと湧いてきて、近頃はいよいよ心が落ち着かない。でも、こんなことは誰にも相談できやしない。

大学時代の友人で、二人の仲のよさをからかう連中は少なからずいた。べつに隠してもいなかったが、当時の晃はかなり奔放だったこともあり、まさか本気でつき合っていることはないと思っていたはずだ。そんな学生時代の友人たちとは年賀状やメールのやりとり程度ないので、いまさら晃と純也の関係を知っても困惑するばかりで、相談の受けようもないだろう。

実際のところ、あの当時は今以上に二人の関係は曖昧で、セックスフレンドと割り切っていた部分があった。ところが、お互い社会人になっても関係が切れるどころか、距離を置いても時間を置いても、なお一緒に過ごすときが減らない。それればかりか、いつしか晃の周囲から他の男の影が消えていったのを感じて、純也も少しばかり自分たちの関係を真剣に考えるようになっていった。

ただし、今の晃に純也以外の男が本当にいないのかどうか、それはあくまでも想像の域を超えないし、直接確かめたこともないのでわからない。

（だいたい、三十三っていえば結婚して子持ちでもおかしくない。俺らくらいだ。今でも大学時代の関係を引きずってふらふらしてんのは……）

もう何百回も心の中で毒づいた言葉。今夜もまたベッドで同じ言葉を繰り返して寝返りを打ったときだった。携帯電話の着信音が鳴った。まるで何かに弾《はじ》かれたように飛び起きて、アラーム代わりに枕元に置いてあった携帯電話を引っつかむ。

見ればメールの着信案内が点滅している。急いでモニターを開くと、発信元に晃の名前とアメリカの局の名称があった。

『とりあえず、生きている。明日反政府軍の指導部にインタビューするため基地に潜入予定』

どうせ眠れやしなかったが、そのメールを見てさらに目が覚めた。

「な、な、何言ってんだっ。馬鹿かっ。危ないだろっ。死ぬだろっ」

慌てて叫んだ純也がメールを打ち返す。さすがに「馬鹿」とか「死ぬだろ」とかは書かないが、言葉を選んでも内容は一緒だ。

だが、電波が悪いのか、何度かエラーになって戻ってきてしまう。焦って同じ文章を何度か送っていると、そのうち送信されたと表示される。だが、返事はなかなかこない。ベッドから下りて、寝室の中を右往左往しながら携帯電話を握り締めていると、しばらくしてさっきよりも短い文章が戻ってきた。

『心配ない。中立な報道をするなら、攻撃はしないと約束してくれた』

『信用できるのか？』

そして、また長い待ち時間のあと最後のメールがきた。

『大丈夫だ。また連絡する』

もう何度こちらからメールを送っても無駄だった。エラーで戻ってくるか、届いても返事はない。

さっき北米のニュースで見たところによると、報道関係者は例の廃墟と化した古都から十数キロ離れた町に滞在しているという。おそらく、宿泊施設や店舗などもろくにない村と呼んだほうがいいような場所に違いない。

こちらが深夜ということは、晃たちがいる時差が二時間ある国でもすでに夜の十時を過ぎている。夜の十時になれば、周囲は暗闇に沈んでいることだろう。難民たちのキャンプ地からも離れているそこでは、下手《へた》に灯《あか》りをつけていたら反政府軍か軍のどちらかの標的になりかねない。

そんな中で短いメールのやりとりができたのはよかったのか悪かったのかわからない。かえって不安を煽られたような気もするが、とにかく今はまだ無事でいると知って安堵もしている。

それにしても、明日の反政府軍との接触には本当に危険はないのだろうか。

（いや、ないわけないよな……）

しかし、中立な報道に危害を加えれば、世界中を敵に回すことになるし、反政府軍にとっては大きなマイナスになる。ただし、晃たちの報道を彼らが本当に中立だと感じるかどうかはわからない。

大国の資金や武器を借りて政府に反旗を翻《ひるがえ》すことについて疑問を投げかけたとき、彼らが感情的に晃たちを敵と認識したら事態は一気に緊迫するだろう。

それを思うと、なぜかこうしてメールがきたことさえ不吉に思える。万一最後の連絡になるかもしれないから、局だけでなく純也にもメールを送ってきたとしたら……。

そんなはずはない。死ぬなんてあり得ない。命と引き換えに取る価値のあるニュースなんて、絶対にあってはならないはずだ。ましてや、今回は晃一人ではない。アユミというスタッフもいる。少なくとも、彼女を危険に晒《さら》してまで、身勝手な行動はしないはず。

ただし、アユミという女性について聞いたかぎり、とても晃の歯止めになってくれそうにもない。もしものことがあったらどうしたらいいんだろう。純也はベッドに腰かけると、携帯電話を投げ出し自分の頭を両手で抱える。なんだかいろいろなことを考えすぎて、すっかり具合が悪くなっていた。

晃はこの取材に出向く前に、日本にいる両親にも会いにいっているはずだ。彼らも日々のニュースを見ながら不安な気持ちで過ごしているのだろうか。あるいは、両親には必要以上に心配をかけないよう、現地取材といってもそこまで踏み込むことは告げていないのかもしれない。

いずれにしても、あとどのくらいこんな日々が続くのか、考えただけでも胃が痛くなる。

（ああ、なんか吐きそう……）

そう思った途端、トイレに駆け込み本当に吐いた。そして、ベッドに倒れ込んだものの、夜が明けるまでまんじりともせずただ携帯電話を握り締めているばかりだった。

◆◆

『我々は大国に踊らされて政府に反旗を翻しているわけではない。ただ、我々は少数民族で、武力もなければ政府の強引な統治のやり方に反論する術を持たない。自治区としての権利を主張するにあたって、使える手段は利用するしかない』

それは、晃たちが反政府軍のリーダーにインタビューしたときの内容だ。インタビュアーはアユミ・グレイグと画面の右下部分にテロップが出ていて、以前に晃に見せてもらった彼女の美しい横顔がたびたび画面にも映っていた。おそらく、カメラを回しているのが晃なのだろう。

さらに、反政府軍のリーダーに対してアユミは流暢な北京語で質問を続けていた。このままでは大国に反対に利用され、母国に多大なダメージを与えることになるのではないかという質問に、リーダーは厳しい口調で切り返してくる。

『母国を廃土にすることが我々の目的ではない。だが、政府が我々に銃を向けるなら、それはもう母国と呼ぶに相応しくない。我々も庇護《ひご》を求めない代わり、我々の自治を認めてもらいたい。希望がかなえられるまで、我々の戦いは続く』

もちろん、反政府軍の言い分だけ聞いていれば、筋が通っているように聞こえる。だが、その裏にはやっぱり大国との駆け引きが見え隠れする。アユミがそのあたりを厳しく問うと、場に緊張が漂うのがわかる。

純也は、そのニュースをケーブルテレビの北米の局が映像の使用権を買って流しているのを最初に見た。なので、インタビューでは北京語が流れ、英語の字幕が出ているものだった。

北京語はわからないが、直接会話している反政府軍のリーダーとアユミの声のトーンでその緊迫感は伝わってきた。また、リーダーを名乗る男の周囲を取り囲んでいる連中の目つきが怖い。全員が黒い布で口元を隠し、キャップを目深《まぶか》に被《かぶ》り人相がわからないようにしているが、全員の目に死をも厭《いと》わない覚悟がはっきりと見て取れた。

そのあと、同じ映像を日本のニュース番組でも見ると、こちらは北京語の会話の音は消されていて、英語に吹きかえられたものに日本語の字幕を出していた。こうなると、画面から伝わってくる緊張感は半減する。日本のニュースキャスターの言葉も、どこか上滑りした平和を唱えているように聞こえて仕方がない。

だが、それを一概に責める気もないし、そんな権利もない。純也にしてもこの取材に晃がかかわっていなければこんなにも心を砕いて画面を見つめていたとは思えないからだ。

人間というのは、こんなにも身勝手な生き物なのだと思い知らされる。こんな身勝手な生き物が寄り集まって暮らしているのだから、世界中で揉め事が起きてもなんの不思議もない。

学校でいろんなテーマで生徒たちにディスカッションさせながら、自分の気持ちを相手に伝える術を教えるといっても、現実の世界では言葉だけでは伝わらないものが多すぎる。そのことを思うほどに、自分のやっていることの意味を考え直してしまうし、本来の目的を自分自身が見失ってしまいそうになる。

そして、またテレビに映っているアユミのインタビュー映像を見入る。これは間違いなく晃たちのスクープ映像だろう。そして、その後の反政府軍と軍との衝突のニュースは流れていないので、とりあえずは無事でいるだろうことはわかる。

今日になってこの映像を見てから、何度かメールを入れているが返事はない。おそらく、北米の局のほうから矢継ぎ早にいろいろな質問や指令などが出ていて、その対応に追われて純也にメールを送るどころではないのだろう。

反政府軍のインタビューを取ったとなれば、今度は政府側の公式なコメントを取りに走らなければならないことくらい素人の純也でもわかる。だが、そうやって敵対する双方にコンタクトを取ることが、どれだけ危険かということも、同時に素人でも想像できるから怖いのだ。

特に、今回のインタビューで晃たちの局はかなり目立ってしまった。敵対するどちらのサイドにかかわらず、報道関係者を黙らせる必要ができた場合、晃たちが一番に矢面《やおもて》に立たされるのは火を見るより明らかだ。スクープを取る裏には、必ずそういう危険をはらんでいる。

その後、数日間は大きな進展や攻防もなく、例のインタビューをきっかけに双方が話し合いの場を持つのではないかという楽観的な見方も出るようになっていた。

悲しい人類の歴史が数かぎりなくあるように、一触即発の状態までいっておきながらギリギリのところで回避されてきた不幸もまた数かぎりなくある。まるで神が采配《さいはい》を振るったかのような奇跡が起きることもこの世にはあるのだ。

だが、今回ばかりはそんなふうに楽観的に考えることができない。純也にとって、晃に起こりうる万一の危機がすべて排除されないかぎり、けっして安堵の吐息を漏らすことはできやしないのだから。


穏やかな眠りを覚ますのはいつだって不穏な知らせだった。

思い起こせば、就職先の日本のテレビ局を辞めると言い出したときもそうだった。そのあと、自分の身の振り方を考えていたかと思ったら、今度はまた北米の大学に入り直すと決めたときもそう。そればかりか、大学卒業後にそのまま北米のテレビ局の報道に就職したという事後報告も全部この音が教えてくれた。

初めて携帯電話を持ったときから、機種をどんなに新しくしてもメールの着信音はいつも同じリングトーンにしている。電話の着信もトーンの違うベルサウンドだ。流行の音楽にしたことはないし、そういうことに凝る性格でもない。そして、その日の朝にも同じ音が鳴った。

土曜日の朝で学校は休み。ここのところずっと寝不足気味で、昨夜はたまらず寝酒をしたものだから、すっかり寝坊をしてしまったようだ。カーテン越しに初冬のまったりとした朝の日差しが差し込んできていて、純也はまだ目を閉じたまま枕の下にしのばせてある携帯電話に手を伸ばした。

うつ伏せていた体を返して携帯電話のモニターを見る。時刻はすでに九時を過ぎていた。こんなに寝坊をしたのは久しぶりだ。だが、鳴ったのはアラームではない。メールの着信音だった。

学校からの連絡事項だろうかと思ったが、送信者名を見て寝ぼけていた目を見開いた。

「うわっ、晃だっ」

思わず叫んで体を腹筋運動のように起こした。

あのインタビュー以来大きな動きは報じられていないが、現地ではどうなっているのだろう。ずっと心配していた矢先だったので、純也は慌ててそのメールを開く。

『帰国予定が延びるかもしれない。無事だから心配するな』

出かける前に二週間の予定だと言っていた。どうせそんな予定はあってないも一緒だと思っていたが、一応の目安として二週間経《た》てば一度は日本に戻ってくるかもしれないという希望的な見方も持っていた。

今日はちょうどその二週間目だから帰国の知らせかと思いきや、まったく正反対の一文を見てもはや溜息とも呼べないほど大きな吐息を漏らした。

でも、あれから何も起きていないし、もしかしたら昨日のニュースで報道されているように、双方の話し合いの場が第三国によって設定されつつあるのかもしれない。

それが真実で、現在その方向で話が進んでいるのなら、とりあえず取材の日程は延びるにしても危険度はぐっと下がるだろう。

毎日毎日、身も細る思いでいたが、なんとかこのまま事態が収拾に向かってくれればいい。祈るような思いでメールに返事を打ったが、もちろん向こうからはもう何も返ってくることはなかった。

そして、事態が大きく動いたのはその日の夕刻だった。リビングのコーヒーテーブルでクラスの小テストの採点をしているとき、つけっぱなしにしていたテレビのモニターにニュース速報が流れる音がした。ふと顔を上げると、再放送の歴史検証番組の映像の上に文字が流れていくのが目に入る。

「え……っ？」

思わず小さく呟いたまま体が固まった。流れていく文字の中に晃が取材している国の名前があり、報道関係者の車が襲撃されて何名かが負傷したという内容。

頭の奥のほうで何か高い金属音のようなものがキィーンと鳴っている。いやなことが起こったとき、いつも純也の頭で鳴り響く耳障りな音。もうすぐ師走《しわす》の声を聞こうかというのに、じっとりと手に冷たい汗が滲《にじ》んでくる。

ドクンドクンと自分の心臓の音がうるさいほど響いていて、それを黙らせるかのように片手で左胸を押さえた次の瞬間、弾かれたように携帯電話に手を伸ばした。すぐに晃にメールを入れる。返事が戻ってくることは期待していなくても、まずはそれからするしかない。

そのあと、テレビをケーブルの北米のニュースチャンネルに切り替える。スポーツニュースを少しやっていたが、数分後にはブレイキングニュースの画面に切り替わった。

金髪のショートヘアの化粧のきつい女性アナウンサーが、口角を意識して持ち上げる見慣れた話し方で手元にきたニュースを読み上げる。

『たった今入った情報によりますと、東南アジアの某国における少数民族による反政府運動に動きがあった模様です』

アナウンサーが手元のペーパーをめくっている間に、画面はこの間の反政府軍リーダーのインタビューの映像が消音で流されて、そこに新しい情報を伝える声が被さってくる。

『現地からの情報では、反政府軍の申し入れを受け入れる形で、政府は軍による鎮圧行動をいったん停止。明日にでも会談の日程の調整に入る段階にありました。これを受けて、各国の報道関係者の一部は隣国との境界線近くにある難民キャンプの取材に当たっていた模様。報道関係者がベースとしている町からは二十キロの地点にあるキャンプに向かう途中、現地ガイドと警備の車、さらには報道関係者の乗る小型のマイクロバス一台が襲撃に遭ったということです』

思わずテレビ画面を見つめたまま、ゴクリと口腔《こうこう》に溜まった唾液《だえき》を嚥下《えんか》する。

『この襲撃により負傷者が数名出ており、その内の何名かは重症を負ったようだという情報が入っています』

晃たちのような北米の報道関係者が多く現地入りし連日新しいニュースが流れる中、世界の注目度は高まっている。反政府軍がこのままアジアの大国の援助を受けて抗議活動を激化させれば、これまで虐《しいた》げられてきた少数民族をサポートしてきた世論の見方も変わっていく可能性がある。

協調性を持たない過激な少数民族が、大国という「虎《とら》の威《い》を借《か》る狐《きつね》」と化して国の秩序を

にて報道関係者の乗る車が襲撃され何名かが負傷した

乱しているなどと言われかねない。反政府軍としては東南アジアの厄介者になってしまうことを案じたうえで、今回の話し合いを申し入れたのだろう。

報道関係もその話し合いによってなんらかの解決策が見出《みいだ》されると考えていたはずだ。そこで、停戦状態のうちに難民キャンプの取材をしておこうと、いくつかの報道機関が合同でマイクロバスをチャーターして現地に向かっていた。

『マイクロバスを襲撃したのは黒塗りのジープだったという証言がありますが、某国の軍の使用しているものではなく、また中から出てきた兵士が反政府軍と同じく黒い布で顔を覆うなどの特徴があり、どちらがこの襲撃の首謀者であるかは現在調査中とのことです』

そういう周辺情報は出てくるのだが、負傷者については正確な人数もその怪我《けが》の度合いもまだわかっていないようだった。アナウンサーはまた情報が入り次第このニュースの続報を伝えると言って、次の話題に移った。

純也はさらにヨーロッパのニュースチャンネルや日本の国際ニュース専門チャンネルなどをチェックしてから、今度はパソコンで最新の情報を探す。ツイッターでこの件に関して詳しい情報を持っている人はいないか呼びかけ、外務省の窓口に某国における事件で巻き込まれた邦人はいないかの有無を問い合わせてみた。

それから、晃の両親のところに何か一報がもたらされていないか確認しようと思ったが、携帯電話で彼の実家の番号を呼び出したものの、通話ボタンは押せなかった。

晃の両親とは何度か会ったことがあるし、純也のことを親しい友人だとわかってくれている。回数は多くなかったが、彼の実家に遊びにいったときも明るい母親に歓待してもらった。ただし、精神状態が不安定な今の自分が晃の両親にコンタクトを取って、うっかり取り乱してしまいでもしたらと思うと、怖くて電話をすることはできなかった。

その代わり、純也は晃の勤めている局の名前をパソコンに打ち込み、ホームページを出した。そこのコンタクトにアクセスして、本名を名乗り晃の友人であり彼の現在の状況を案じているので、情報があれば教えてほしいと書き込んでおいた。

純也の書き込んだ文章を見て、冗談や悪ふざけだと思う者はいないだろう。だが、彼らも状況把握に局中が大騒ぎになっているだろうから、すぐに返答があるとは思っていない。北米の東海岸は今はまだ早朝の五時。事態が事態だけにすでに出勤している者もいるだろうが、もう少ししたら直接電話をかけることも考えていた。

とにかく、やれることは全部やって、またネットの前に座り自分の手で情報を探す。そのうち、ポツリポツリと関連のニュースがアップされるようになってきた。北米が朝を迎え、本格的に始動しはじめる時間になると、ケーブルのニュースチャンネルも新しい情報をつけ加えては繰り返しこの件を伝えている。

『某国における報道関係者襲撃事件の速報です。その後、現地からの情報によりますと、難民キャンプに向かっていたときの主なメンバーと人数がわかってきました』

このとき、難民キャンプの取材に向かったのは晃たちの局のスタッフを含め、五社の北米の局と二社のヨーロッパの局と一社の台湾系の局のスタッフで、総勢十七名。当初、マイクロバスは一台と思われていたが、人数が増えたために二台に分乗していたらしい。

その他には現地ガイドと交代ドライバーの乗った車が一台、警護のために地元で雇ったガードマンが乗った車が前後に一台ずつの計二台。合計五台で走行中に、いきなり現れた黒塗りのジープ数台が一番後ろの警護の車に追いついて銃を乱射した。

『このとき、列の最後尾を警護していたガードマンの車が横転。それによって、二台のマイクロバスのうち後ろにいたバスが襲撃の標的になった模様です』

CGを使ってその状況を説明しながら、アナウンサーが続ける。マイクロバスへの襲撃が始まり、タイヤを破損した状態で走行不可能になったところで、ジープに取り囲まれその場で立ち往生となった。

そこへ前のマイクロバスを先導していた警護の車が引き返してきて、ジープに一斉射撃を行ったことで激しい銃撃戦となったが、最終的にジープはそれ以上の攻撃をしかけることはなく逃走したとのこと。

『また、今回の襲撃による負傷者の数が明らかになりました』

アナウンサーの言葉に純也がテレビの前で息を詰める。正直、神など信じていない。信じている人を否定するつもりはないが、自分自身には必要ないと思って生きてきた。だが、このときだけは己の身勝手を噛み締めつつも自然と両手を合わせていた。

『横転した警護の車に乗っていたガードマンの一人の死亡が確認されている他、同じく他のガードマンと交代の運転手が重症。また、後方のマイクロバスに乗車していた報道関係者にも数名の負傷者が出ているとのことです。現在わかっている負傷者は以下のとおりです。台湾のテレビ局のプロデューサー、ユーロニュースのカメラマン、北米のACN他、テレビ・カナダのリポーターと、ケーブル局のNWBのシニアプロデューサーの合計五名が重症を負っているとのこと。また、その他のマイクロバス同乗者も、それぞれ軽度の……』

思わずテレビの前で掠《かす》れた悲鳴を漏らした。NWBはまさしく晃の勤める局だ。アユミも晃もともにシニアプロデューサーの肩書きを持っている。どちらのことかわからないが、どちらにしても最悪の事態が起きたということには違いない。

（落ち着け、落ち着け、落ち着くんだ……）

歯の根が合わずにガチガチといやな音を立てていて、合わせた手はブルブルと震えている。それでも、純也は懸命に自分に言い聞かせる。アナウンサーは負傷者として報道関係者をあげていた。少なくとも、現時点で亡くなったと認められているのは、ガードマンが一人だけ。晃にしろアユミにしろ、とにかく一命は取り留めたということだ。

それでも、あの混乱を極めている某国で負傷者がすぐに安全な場所へ移送され、きちんと手当てが行われているのか不安だった。いくらその場で命を取り留めていたからといって、今のところ収容された病院での情報は何もない。

（ど、どうしよう。もし晃に万一のことがあったら……）

考えたらいけないと思うほどに、つい頭が最悪のシナリオを描いてしまう。純也がその考えを振り払おうと大きく一つ深呼吸したときだった。純也の携帯電話が鳴った。こんなときだから、聞き慣れたリングトーンにも飛び上がるほど驚いてしまった。

だが、すぐさまそれを手にして画面を見れば「ヒツウチ」の表示。普段なら無視して出ないが、もしかしたら晃からかもしれないと思い、すぐに通話ボタンを押した。

「もしもし……っ」

悲壮《ひそう》な純也の声に対して戻ってきたのは、少し不安そうな英語の呼びかけ。

『Hello, This is Nathan Fraser of NWB calling . May I speak to Junya Mikami please』

それは、晃の勧める局のネイサン・フレイザーという人物からの連絡だった。慌てて純也が英語に切り替えて答えると、彼は安堵したように告げた。

『アキラから何かあればまずあなたに連絡をするように言われていたんです。そうしたら、朝一にあなたからのメールを見つけて、それで電話連絡しているんです』

そう言った彼は日本の時刻を気にかけてくれていたが、そんなことはどうでもいい。「何かあれば」という晃の残していった言葉が気になって、純也がせっつくようにたずねる。晃は無事なのか、同僚のアユミはどうなのか、負傷しているとしたらその後の容態と状況はどうなっているのか。

これ以上ないほど早口でまくしたてた英語に、ネイサンが電話の向こうで懸命に落ち着いてくださいと言っていた。落ち着いてなどいられるわけがない。もし何か不幸な一報でも聞かされようものなら、すぐさま天を仰いで失神しそうだった。

それこそ、異端審問で地動説を覆しながら、「それでも地球は回っている」とガリレオが呟いたのを聞き、両手で顔を覆いながら悲鳴とともに崩れ落ちる中世の貴婦人さながらに……。

◆◆

ことの顚末《てんまつ》といえば、今となっては純也どころか世界中が知っている。

結論からいえば、あのとき負傷したというNWBのスタッフは晃のほうだった。警護の車が横転したのち、ジープの襲撃でパンクさせられマイクロバスは路肩の灌木《かんぼく》に突っ込み急停車した。そのときの衝撃で数名が負傷。アユミも網棚から落ちてきた機材のボックスで額《ひたい》を切ったという。

その後、停車したバスに向かって乱射が始まり、全員がバスの中で伏せて身を守っていたが、割れて降りそそいでくるガラスや金属片などで全員がバスの非常口からの退却を余儀なくされた。そのままバスに乗っていたら、こぼれ出したガソリンに火花が引火して爆発の可能性があったからだ。

「で、そのときに俺たちが逃げた方向に手榴弾《しゅりゅうだん》が飛んできたもんだから大慌てさ。マジで死ぬって思ったら、もう無我夢中で……」

あろうことか、晃はそれをつかんで投げてきた奴らのほうへ投げ返したというのだ。手榴弾は間一髪空中で爆発。そこへ、先を進んでいた警護の車が引き返してきてジープの襲撃犯は撤退。助かったと思った瞬間、今度はマイクロバスが爆発炎上したという。

その映像は純也がネイサンから電話連絡を受けた八時間後には、各局のニュースで流れていた。それを撮ったのは引き返してきた先のマイクロバスに乗っていた、他の北米のテレビ局のクルーだったそうだ。

そして、その映像にはアユミを庇《かば》って灌木に駆け込み、自分は爆風に吹き飛ばされる晃の姿が見事に映っていた。結果、左腕骨折、頭部、右足、背中に相当数の裂傷と火傷《やけど》、さらには全身打撲の全治約一ヶ月。

現地の病院で応急処置を受けて、体中をがっちり固定された状態で、行きと同じ香港経由の便で三日後にアユミとともに日本へ帰国した。そして、現在は日本の病院で入院治療中。

北米に戻る際に持って帰るつもりだった東京土産の饅頭《まんじゅう》の賞味期限が近いことを知り、個室のベッドでそれを貪り喰いながら懲りずに悪態なんかをついている。

「撮る側が撮られてどうすんだって、カナダ野郎が陰口叩《たた》いてんのを知ってんだぞ。でも、あのときばっかりは、こっちも命がけだったからな」

確かに、あのときのスクープ映像を撮ったのはカナダのテレビ局で、先の反政府軍のリーダーへのインタビューで晃たちに一歩先んじられて焦っていたところ、一矢《いっし》報いた気分でいるのだろう。ジャーナリスト同士のスクープ合戦もまさに命がけだ。

だが、ここで晃がお一ついかがとばかり差し出す「タワー饅頭」を、純也が優しい笑顔で受け取るかといえば、そんなわけはない。

「馬鹿かっ。おまえは本当に馬鹿かっ。馬鹿しか言葉が出ない。もう本物の馬鹿だろうっ。一人で饅頭喰ってろ、ただの馬鹿っ」

「うわ～っ、昔ディベートで俺をやり負かした男の言葉とは思えないんだけど～」

頭に包帯を巻き、片方の手は吊《つ》られ、顔中に傷テープやら湿布薬を貼《は》られながら、呆れたように言う顔を見ていたら、本気で殴りたくなってきた。

この男はどれほど純也が心配したか本当に理解しているのだろうか。

ネイサンという局のリサーチ担当のスタッフは晃に言われていたとおり、一番に純也に電話をくれてあの時点でわかっている情報をすべて教えてくれた。そして、彼は晃からの伝言として、自分の身に万一のことがあったときは、純也から両親に連絡を入れてくれるよう頼んでいたらしい。

だが、今回は負傷はしたものの命に別状はないので、ネイサンのほうから晃の両親にもこれから電話連絡を入れると言ってくれた。正直、安堵とともにネイサンには感謝した。

「だいたい、万一のことがあったときの連絡先がなんで俺だ？　俺がどの面《つら》下げて、おまえの両親に不幸な知らせを告げられると思っているんだ？」

饅頭を存分に食べたあと、お茶が飲みたいとジェスチャーしている晃にミニ冷蔵庫に入っているペットボトルのお茶を投げつけてやる。折れていないほうの右手でそれをキャッチすると口で起用にキャップを回して開け、一口飲んで起こしたベッドの背もたれに体をあずけている。

「俺の人生に何かあれば、おまえに一番に知らせなけりゃならないだろう。なにしろ、おまえが一番身近な人間だ。両親よりもな」

「何言ってんの。いつの間に俺はそういう厄介な立場に置かれていたんだ？　俺の許可なく勝手に決めるなよ。じゃ、何か？　俺が通勤途中で事故に遭ったら、おまえは一番に駆けつけてくれるのか？　ニューヨークのど真ん中から、その日がたまたまアメリカ大統領選のスーパーチューズデーでもか？」

「くるさ。当たり前だろう。スーパーチューズデーなんかクソ喰らえだ」

肩を竦めて言っているが、信用できるわけがない。

「とにかく、今回の件についてはいろいろと猛省を促したいところだが……」

「でも、無事だっただろう？　ちゃんと約束どおり生きてる」

純也があらためてどんなに心配させられたか文句を言おうとしたら、晃が真面目な顔で言う。ふざけた口調がふとこんなふうに真剣味を帯びるとき、純也はいつも彼の顔を凝視したあげく何も言えなくなってしまう。

今回のことだって、現場にいて一番恐ろしい思いをしたのは晃自身だ。ほんの数秒遅ければ、手榴弾で全身が粉微塵になって吹っ飛んでいたかもしれない。

取材に出かける前に、「遺体になって戻ってきたら、人相が変わるくらい殴ってやる」と言ったら、「遺体が残ってたらな」なんて冗談で返していた。あれは、文字通り冗談でもなんでもなくなるところだったのだ。

負傷しても、こうして無事で帰ってきてくれて本当によかった。もちろん、そう思っているけれど、この心が壊れそうになるほど心配させられたことについて、どうにもこうにも簡単には納得できないのだ。

それだけじゃない。他にもいろいろと納得できないことがあるのだが、その一つがこうしているうちにもやってきた。

「ハイ、アキラ。調子はどう？」

額にでかい絆創膏を貼っていてもなお美人としか形容のしようがない女性が、ショルダーバッグにコンビニの袋を持って現れた。同僚のアユミ・グレイグだ。

彼女は晃を連れて一緒に日本にやってきた。重症の晃の付き添いとともに本人も怪我の治療が必要で、また某国に新たな動きがあればすぐに現地へ飛べるよう、日本で待機となったのだ。死にかけた晃が饅頭を食べながら軽口を叩いているのも呆れるが、一歩間違えれば自分も命の危険があったアユミもまた豪胆なもので、心身ともにすっかり元気なのも驚く。

晃への差し入れかと思ったコンビニの袋からおにぎりを取り出すと、いきなりそれを口いっぱいにほお張っている。昨日からホテルの部屋で局へのレポートをまとめて送り、その後ネット会議で昨夜の放送のためのレポートのＶＴＲチェックなどをして明け方にようやく眠ったので、これが今日の一食目らしい。

「アユミ、ちょうどいいところにきてくれた。今、怖い学校の先生に説教を喰らっているところだ。俺は悪くないと説明してくれよ。むしろ勇敢だったとね」

晃は完全な日本人だし、アユミもハーフとはいえパッと見た印象は日本人の血が色濃く出ているほうだと思う。そんな二人だが会話は完全に英語だ。

「そうね。でも、アキラはちょっと叱られたほうがいいと思うわ。手榴弾をわしづかみしたときは、わたしの心臓も破裂するかと思ったから」

そう言ったかと思うと、アユミは屈託のない笑顔を純也に向けてウィンクをしてみせる。

リポーターとして画面に出ると視聴率が上がると評判なだけあって、確かに魅力的な女性だ。頭の回転が速く度胸があって、スタイルがよく美人だ。性格も気さくで、純也と初めて会ったときも、英語だったがまるで十年来の友人の顔を見るように親しみ溢れる態度だった。晃からいろいろと聞いているとと彼女は言っていたが、二人のこの微妙な関係についてどこまで理解しているのかはわからない。なにしろ、こういう緊急事態でいきなり顔を合わせたので、ろくにプライベートの会話もしていないままなのだ。

そして、アユミとばかりか晃本人ともさらに突っ込んだ会話ができないでいるのは、減らず口を叩いてはいても当人が一応重症患者扱いであるうえに、もう一つの問題があった。

「あら、三上くん、きてくれてたの？　あらあら、アユミさんも？」

そう言って午後の面会時間を一時間ほどしてから病室に現れたのは、着替えの紙袋を抱えた晃の母親だ。ネイサンからの連絡を受けて空港には父親も迎えにきていたが、息子の命に別状がないと知り今は見舞いを母親にまかせている。

「お疲れ様です。病室が殺風景だったので、お見舞いのお花です。それから、これは泊まっているホテルのカフェで評判のクッキーです。お母様にと思って買ってきました」

アユミは三人のときとは違って、いきなり流暢な日本語で晃の母親に挨拶をして手土産を渡す。アメリカ生まれのアメリカ育ちだと聞いているが、日本人の母親の教育が素晴しかったようで、こういうときの態度は近頃の日本人よりもずっとソツがなくしっかりしている。

晃の母親もアユミのことは帰国した空港で会ったときから一目で気に入ったらしく、クッキーを受け取ると彼女の傷の具合を案じている。

「ホテル暮らしは不自由じゃないの？　お母様のご実家は神戸だと聞いているし、うちへきてくれていいのよ。どうせ晃の部屋が空いているんだし、食事だって外食よりはいいと思うのよ。ねぇ、三上くんもそう思うでしょう？」

そんなことに同意を求められても困るのだが、晃の友人代表として笑顔で頷くしかなかった。だが、アユミは取材でホテル暮らしは慣れているといい、またいつ現場に向かうかわからないからと丁重に断っていた。そんな会話を聞いて、晃がふざけて母親に言う。

「アユミはこの細い体で、相撲取り並みに喰うんだ。一週間もあずかったら、我が家のエンゲル係数が跳ね上がって赤字になるぞ。ホテルに放り込んでおいて、経費で喰わしておいたほうがいい」

「まぁ、何言ってんのっ。この子ったらっ。それが同僚の美人の娘さんに言う言葉？　それにうちのお父さんはそんなに稼ぎが悪くありませんからっ」

晃の減らず口を母親が慌てて叱りつけているが、アユミは美人だからこそ許される大笑いで自分の大喰らいを認めている。

「冗談はさておき、本当によかったらうちの実家に行ってろよ。両親はもともと娘がほしかったくらいなんだ。きっと大歓迎だ。母さんの料理はうまいぞ。それに、アユミになら特別に俺のベッドの使用を許可する。ただし、ベッド下はのぞくな。今でもエロ本を隠してあるからな」

それを聞いて、アユミが「いったいいくつになるの、坊や」とからかっている。英語の会話は早口で、彼ら独特のスラングも交じっているので、日常会話程度の英語は理解する晃の母親がキョトンとして二人の顔を交互に見ている。

ほんの数日前に死にかけた連中の会話にしては明るすぎる。晃の母親にしても、今は繰り返しテレビに映る例のマイクロバスの爆発映像を見ているだろうに、案外肝が据わっているのか会話の内容を日本語に通訳してもらい生きて帰ってきた息子の肩を呆れたようにひっぱたいている。

純也はそんな三人の楽しげな様子を眺めていて、なんとなく居場所をなくしたような気分になっていた。

「えっと、じゃ、僕はこれで……」

純也は自分の鞄《かばん》を手にすると、早々に病室をあとにしようとする。アユミと母親がいればこれ以上自分がやることもない。いくら表向きは晃の親友という立場にあっても、仕事を放り出してまで連日顔を出していたら奇妙に思われそうだ。

晃が帰国した日は学校を休んで病院まで付き添い、昨日は午前中だけ休みをもらって面会時間外だったが特別に顔を見るだけということで病室に通してもらった。

そして、今日は午後からの授業がない曜日だったので、恐縮しながらも事情を話して早退させてもらい病院にきていたのだ。それに、晃から置きっぱなしにしてある東京土産を持ってきてくれという依頼もあったからだが、てっきりアユミに持たせてニューヨークに帰すためかと思いきや、自分で貪り喰うとは思わなかった。

(喰い意地が張ってんのは、おまえも一緒だ。この似た者同士が……)

腹の中で呟き作り笑顔で病室を出ようとしたら、アユミが英語で「またね」と手を振る。エレベーターホールに向かって廊下を歩いていると、しばらくして晃の母親が追いかけてきて純也に声をかけてきた。

正直、今はアユミともだが、晃の母親と話をするのも精神的に辛い。晃との関係が中途半端なまま、彼が死んだらどうしようなどと悶々《もんもん》と苦悩した日々から解放され、なんだか心が腑抜けてしまっている。こういう無防備な状態のところに何かデリケートな問題を投げかけられたら、自制心が何かのきっかけで崩壊してしまいそうで怖いのだ。

だが、晃の母親はこれまでと変わらない態度で純也にあらためて礼を言った。そして、純也の時間が許すなら、少しだけ話をしたいと近くのロビーの長椅子に誘われた。

今日はもう学校は早退してきたし、帰宅するだけだ。時間がないわけではないし、息子が無事生還したばかりで胸を撫で下ろしている彼女の誘いを頑《かたく》なに拒むことはできやしない。

「大学時代からの友人だからって、いろいろ甘えているみたいでごめんなさいね」

「そんなことはないです。こういうと語弊があるかもしれませんが、俺のほうこそ晃のような友人がいて刺激的なんです。世界のニュースの最先端にいて、常に使命感を持って頑張っている。誇りに思える友人ですから」

それは常日頃から晃に対して思っていることだ。彼の母親に対してもそれは目を見てきっぱり言える。ただ、そうではないこともあるのは事実だ。

「それでね、今回のようなことがあって、晃とも一度きちんと話そうかと思っているんだけれど……」

そこまで言いかけて彼女が言葉を止めたので、なんとなくいやな予感がした。もしかして、彼女は例の問題に触れようとしているのだろうか。あるいは、晃と純也の関係について何か気づいたのかもしれない。

考えてみれば、いくら大学時代の友人とはいえ、北米から帰国しても実家以上に入り浸っているというのは不自然な状態だ。まして、息子がゲイだと知っている彼女にしてみれば、純也がそういう相手であると疑う気持ちは以前から持っていても不思議ではない。むしろ今まで問い詰められなかったほうがおかしい話だ。

（どうしよう……）

純也は無意識のうちにチラリと晃の病室のほうを見た。晃は両親にどこまで話しているのだろう。両親にゲイだとばれていることは知っているが、彼らはまだ晃の性的指向が変わってゆくゆくは女性と普通に家庭を持ってくれるんじゃないかと期待していると言っていた。もし、その期待に純也の存在が邪魔なのだと言われたら、「すみません」と頭を下げて引き下がるしかないだろう。

「三上くんは晃があまり女性と関係を持てないことは知っているのよね？」

「はぁ、まぁ……」

曖昧に頷いたが、晃本人からそれを言われる前に彼の母親から話があるとは想像もしていなかった。晃が取材でこんな事件に巻き込まれなければ、こんなふうにあらたまって彼女と話すこともなかったのにと思うと、ちょっと恨めしい気分で病室に向かって心の中で「馬鹿」とあらためて呟く。

「実は、三上くんのことをちょっとその……、そういう意味で疑っていたのよ。ごめんなさいね」

ところが、思い切ったように口を開いた晃の母親の言葉は、ちょっと話の方向が違っていた。いや、違ってはいないが、責められるよりも謝られた。

「えっと、どういう意味ですか？」

おそるおそるそう訊くと、彼女はちょっと気恥ずかしそうに手にしていたハンカチで自分の口元を隠すようにして笑った。

「だから、三上くんと晃がそういう関係なのかと思っていたのよ。でも、それは三上くんに失礼よね。近頃は三十を越えた独身男性だって少なくないし、独身の理由だって様々ですものね。それを晃の友人だからっていうだけで疑うなんて、申し訳ないことをしたと思ったのよ」

「あっ、いや、それは、その……」

思わず純也のほうも片手で自分の顔をさりげなく覆ってしまった。

「それは誤解です」と言えば自分はとんだ嘘つきのチキン野郎になるし、「それは誤解じゃないです」と言えばせっかく心を穏やかに保とうとしている彼女に新たなショックを与えることになる。

どっちとも返事ができない苦しい立場をどうやってごまかしたらいいんだろうと思っていると、晃の母親は急に声を潜めながらも少し明るいトーンで純也にたずねる。

「それでね、ちょっと訊きたいんだけれど、あのアユミさんって方のことなのよ」

「ああ、彼女ね。美人でしっかり者みたいですね。あの晃が押されているなんて俺も初めて見ます」

とりあえず話題がアユミのことに変わってホッとしたが、晃の母親の顔を見ればその目が妙に輝いていた。それを見るなり、これもまたあらぬ方向へ話がすっ飛んでいく予感がして純也は頬を引きつらせる。

「あの二人、どうなのかしら？　晃も若い頃はいろいろと経験もしたでしょうけど、結局はああいう女性がそばにいたら落ち着いてみようと思ったりしないかしら？」

「えっ、いや、それはどうでしょうね？　っていうか、僕もまだ独身なんで、結婚についてはあれこれ言える立場でもなくて……」

「あら、だからよ。同じ独身男性として、三上くんならどう思う？　ほら、あなたたちって北米で教育を受けてきたし、そういう点でも共感するところもあるんじゃないかと思って。それで、三上くんのさりげない後押しがあれば、晃も今度こそその気になってくれるんじゃないかって思うのは、やっぱり親の勝手かしらねぇ」

最初は勢いづいていたものの、最後のほうには彼女自身も不安になってきたのか、言葉の力が失われて自信なさそうに俯《うつむ》く。

「お母さんのご心配は理解できます。いや、自分の親のことを思うとけっして偉そうなことを言える立場ではないんですが、晃も両親に心配をかけるのは本意ではないと思います。ただ……」

「ただ……？」

晃の母親はまるで純也の言葉に縋ろうとするかのように、ハンカチを握り締めてこちらを見つめている。晃は父親似だというが、切れ長の目尻や耳の位置の高さや少し癖のある黒髪などは彼女の遺伝だとわかる。自分たちの親の年代にしてはスラリと背の高い彼女は、これまで会うたびに若々しく感じていたが、こうして見るとやっぱり年老いたと思う。

「晃は自分のことは自分で決める男ですよ。それに、無鉄砲なようでいて、根っこのところは優しい男です。そのことはご両親が一番ご存知で、僕が言うようなことでもないでしょうけど。だから、信じて待っていればいいんじゃないでしょうか」

ごく当たり前のことだった。けれど、純也にはそれしか言えなかった。そして、晃の母親もまたわかっていたかのように小さく頷いた。

「そうね。そうよね。自分の息子を信じなくちゃ駄目よね」

信じたいのだろうが、今度のようなことがあったら気持ちが動揺するのも無理はない。アユミとの会話を横で聞いていれば、さすがに晃の母親だけあって肝が据わっていると思ったが、実際は彼女の中にもいろいろと葛藤はあるのだろう。

テレビであのときの爆発の映像が流れるたびに、晃の両親には息子が無事であったことを喜ぶ気持ちと同時に、何か確かな幸せを望んでしまう気持ちが強くなるのはわからないではない。晃の仕事は特殊といえば特殊かもしれないが、人はいつなんどき何に巻き込まれて命を落とすともかぎらない。

実際、あの襲撃事件ではガードマンが一人亡くなっているのだ。彼だって危険な仕事という覚悟はあったとしても、彼の家族は今頃大切な人を失った悲しみに途方にくれているだろう。

晃に万一のことがあっても、妻や子どもがいたらまだしも救われるという単純な話でもない。誰の命にもかぎりがあるのだから、人として生まれたかぎり経験できる幸せがあるなら、ぜひその幸せの中で笑う我が子を見てみたいというのは親としてごく当たり前の願望だ。

まして、アユミのようにすんなりと場に溶け込んでしまう美人がそばに寄り添っているのを見れば、母親がそういう期待を抱くのも無理はない。

だからといって、純也が晃のことについて彼の母親に何を言える立場でもないのは事実だ。いくら彼女にショックを与えないためとはいえ、それは言い訳でしかないこともわかっている。

晃の母親は呼び止めたことを詫《わ》びて、純也を病院の正面玄関まで見送ってくれた。晃が喜ぶから、また時間があればぜひ顔を出してほしいと言って何度も頭を下げていた。そんな彼女の様子を見て、純也のほうがかえって申し訳なくなってしまい、明日からは見舞いは控えておこうと思った。

きっとアユミと三人のほうが心置きなく過ごせるだろう。それに、純也にも自分なりに考えなければならないことがある。今回のようなことがあって、晃との関係についてやっぱりけじめをつけるべきなのだと背中を押されたような気持ちだった。

(ああ、そういえば、晃も何か話があると言ってたっけ……)

晃が取材に出ている間、ずっと別れ話だろうか、あるいは別の話だろうかと鬱々《うつうつ》考えて過ごしていた。だが、ここにきてもう晃の話が何であってもいいと思えるようになっていた。

自分は自分の思っていることを伝えるだけだ。要するに、当初考えていたとおり、自分の口から二人の関係にけじめをつけたいと告げること。友人であることを辞めようとは思わない。ただ、不毛な肉体関係はこれ以上続けないほうがいい。

それぞれ、ニューヨークと東京に自分たちの人生がある。もっと身近なところで、心許せる相手を見つけることができないわけじゃない。少なくとも、晃はゲイとして充分に魅力的で、向こうにいても新しいパートナーを見つけるのに不自由はしないだろう。

純也といえばこういう性格だし、恋愛経験も遊びの経験もほとんどないに等しいし、しばらくは寂しい生活になるかもしれない。あるいは、この先一生晃ほど気心の許せる相手に巡り合えないかもしれない。

でも、それならそれでいい。恋愛だけが人生じゃない。晃の母親の言っていたように、いまどき結婚しない理由など様々で、それほど世間からとやかく言われることもないだろう。ただ、両親だけは嫁の顔を見ることもなければ、孫を抱くこともできずに残念がるだろうが、それは晃といても一緒なんだからいまさらだ。

そうやって吹っ切ってみれば、なんだか今回のことも腹が立つばかりでもなくなってきた。

（こうなる運命だったたってことかな……）

それなのに、無駄に時間を引き延ばしてきてしまった。ひとえに晃が自分を見捨てなかったから。そして、自分が晃を好きすぎたからだ。

けれど、世の中は男同士で好きだからといってどうなるわけでもない。そんなことは十代のときも二十代のときもわかっていたはずなのに、三十代の大人になった自分が理解できないことじゃない。

病院を出て駅へと向かう途中、薄水色の透き通った空を見上げた。晃の一件ですっかりバタバタしているうちに、気がつけば師走に入っていた。なんだか今年の冬は、いつもの年よりも寒くなりそうな予感がして、純也は着ていたコートの襟を立てると、小さく一つ身震いをしたのだった。

◆◆

検査の結果がまだ出揃《でそろ》わず医者の許可が出ないので、未だ入院中の晃《あきら》を残して昨日アユミが北米に戻ったという。純也《じゅんや》は晃からのメールでそれを知った。さぞかし晃の母親はがっかりしていることだろう。

『アユミはおまえとじっくり話したかったと言っていたよ。いつもオフクロが病室にいたから、なかなかチャンスがなかったそうだ』

というより、純也があの日から見舞いを遠慮していたので、二人きりになる機会など皆無だったのだ。それに、純也のほうは特に彼女と折り入って話すことなどなかった。あえて言えるとしたら、晃と組んだら命がいくつあっても足りないから、今後は取材のパートナーを熟考してはいかがなものかといったところだ。

その後、某国の状況はそれなりの進展と落ち着きを取り戻している。というのも、例の襲撃事件が引き金となって、政府側と反政府軍との話し合いの場が持たれることになったのだ。

結局、晃たち報道陣が乗ったマイクロバスを襲撃した犯人は特定されないままだが、あの状況で政府側が海外メディアを敵に回すことは考えにくいし、反政府軍にいたっては報道を利用することはあってもあんな形で排斥しようとすることはあり得ない。

おそらく、双方の話し合いの場を持たせることなく、この反乱を長引かせることにより漁夫の利を得ようとしている某大国が仕組んだことではないかと噂《うわさ》されていた。あのときのジープも襲撃犯も、政府側、反政府軍のどちらともつかない姿であったことやその目的がはっきりしないことなど曖昧さが残る事件であったが、悪いことばかりではなかったといえる。晃たち報道が真実を伝えるために努力した結果、双方の話し合いの場を持つことに繋《つな》がったのならそれはメディアの大きな手柄だ。

アジアの某大国はどこまでも肥大した恐竜のように、とどまることを知らず周辺国を呑み込もうとする。だが、大きくなりすぎて末端のコントロールができず、今回のような愚かしい行為をしてしまう。もはや自分の足さえかけないほど膨らんだ醜い体は、つま先から腐っていくのを止める術《すべ》がないのかもしれない。

そして、そんな大国の愚かで傲慢《ごうまん》な思惑に踊らされることなく、自分たちの力による解決を模索しはじめた某国は、小さくても利口なウサギのように振舞ったことで世界での評価を上げた。

『おーい、退屈だ。見舞いにきてくれー』

『ついでに、牛乳プリンと餡《あん》ドーナツが喰《く》いたいのでよろしく』

かの某国は評価を上げたが、この男は日々評価を下げているような気がする。素晴しい報道の力を知らしめたあげくの名誉の負傷かもしれないが、純也に届く見舞いの要求メールと手土産《てみやげ》のリクエストはどんどん細かくて図々《ずうずう》しくなっていく。

『オフクロさんに頼めよ。こっちは期末試験の準備で忙しい』

まだ腕は吊《つ》ったままだが、打撲や裂傷、火傷《やけど》はかなりよくなっているらしい。今にして考えてみれば、あの爆風を受けて結局腕を一本折っただけというのはものすごい強運だと思う。

アユミが一足先に帰国してしまい、怪我《けが》の状態がよくなるとともに話し相手がいなくて寂しいのはわかるが、こっちもこっちの事情で見舞いは遠慮すると決めたのだ。

短いメールだけ送ってしばらく放置しておいたら、今度は直接電話がかかってくるようになった。それも聞き流していたら、電話の向こうですっかり拗《す》ねている。一見大人のいい男なのに、こういう子どもっぽくてどうしようもないところがある男だ。だが、それも可愛《かわい》いなどと甘やかすのは今回ばかりはやめておく。それに、純也が忙しいというのもまんざら嘘《うそ》ではないのだ。

期末試験のテスト問題を作ったり、冬休みの課題を用意したり、日本の大学受験を控えている三年生には冬休みに入試に向けて最後の集中クラスを開かなければならない。十二月というのは、一年でもけっこう忙しい時期なのだ。

そして、もう病院に見舞いに行かない代わり、退院したなら北米に戻る前に一度きちんと話をする時間を作ろうと思っていた。

言うことは決まっているし、心はすでに固まっている。晃のペースに乗らずに、自分の言いたいことを先にはっきり告げたらそれでおしまいだ。晃はああ見えて案外見栄張りなところがあるから、純也のほうからまがりなりにも別れ話を持ち出されたら、苦笑交じりに肩なんか竦《すく》めてみせるのだろう。

そして、本当はなんの話をするつもりだったかは知らないが、自分もそのことを言おうと思っていたなんて涼しい顔で言ったりするに違いない。

もちろん、そこで純也は間違ってもいつものように「嘘つけ」などと冗談半分に突っ込んだりしない。そんなことをしたら、また馬鹿話を口にし合って、最後には元の木阿弥《もくあみ》となってしまう。ここは一つ冷静に自分のペースを失うまいと心に誓い、当面の忙しさを乗り切っていた。

その日も師走《しわす》の風の冷たさに震えながら、クリスマス気分で賑《にぎ》わう街の喧騒《けんそう》を横目に部屋に戻ってきたら、暖房のスイッチを入れる前に閉じたはずの玄関ドアがガチャガチャ鳴っているのに気がついた。

（あっ、しまった……）

内心で舌打ちをしたときは遅かった。いつも帰宅直後ではなく眠る前に玄関のチェーンロックをする癖がついていて、今夜もまたサムターンを回しただけだった。

そして、一人暮らしの純也の部屋のドアを勝手に開ける奴がいるとしたら、もちろん晃以外にいない。だが、それも今夜でおしまいだと思いつつ鞄《かばん》を置いて、コートを脱ぎながら暖房のスイッチを入れてからゆっくりと振り返った。

「寒いっ。今年はやけに寒くないか？」

そう言ったかと思うと、片腕を吊ったままコートを中途半端に羽織り、マフラーをぐるぐる巻きにした晃がいきなり抱きついてくる。まさか病院から抜け出してきたわけではないだろうし、そろそろ退院してもおかしくない頃だ。

「冬なんだから寒いにきまってるだろう。怪我のうえ風邪をひきたくなければ家でじっとしていろよ。っていうか、いつの間に退院していたんだ？」

「薄情な奴が見舞いにきてくれないから、仕方なく退院して俺から会いにきてやった。ちなみに、牛乳プリンと餡ドーナツも持参だ。怪我人なのに気が利くだろう」

見れば、純也の背中に回っている手にはコンビニの袋が握られていて、腕に力がこもるたびにガサガサとうるさい音を立てている。

「あいにく甘いものは好きじゃない。何年つき合ったら覚えるんだ？」

「うん、知ってる。だから、これは俺の分で、おまえには別のものがある」

どうせ自分のプリンや餡ドーナツと一緒にコンビニで買ってきたものだ。缶ビールとスモークチーズあたりに違いない。なんでもいいが、それを受け取る前に話さなければならないことがある。

唇を重ねてこようとする晃からちょっと身を引いて、手のひらを顔面に押し当ててやる。

「退院おめでとうのキスは？」

「それはあとで頰にくらいだったらしてやってもいいが、先に話がある」

純也は背中に回っている腕も、反対側の折れているほうの腕に響かないようそっと引き離して言った。すると、晃はいつもの調子でリビングのソファに座ると、コンビニの袋を投げ出し自分のズボンのポケットをまさぐっている。

「おまえの話も聞くけれど、先に俺の話を聞いてくれ」

こういう態度もいつもの晃だ。ディベートのときでも必ず自分から口火を切りたがった。そうやってまずは自分のペースを作るのが得意のやり方なのだ。

だが、今日はそれに呑まれてはならない。確固たる決意のもと、純也が自分の話のほうが先だと言おうとした瞬間だった。

「まずはこれを受け取ってほしい」

そう言って、ズボンのポケットから引っ張り出してきたものを純也の目の前に差し出す。受け取っている場合じゃないが、ぐいぐいと胸元に突き出されてしまいハッと気がつけば両手でそれを持っていた。

「何、これ……？」

「だから、おまえには別のものを買ってきたって言っただろ」

聞いたら駄目だろうと思っているのに聞いてしまっているし、見たらだめだろうと思っているのに持っている小箱の蓋《ふた》に手をかけている。

「開けてみろよ」

もはやいやな予感しかしなかった。このサイズの箱の中に入っているものといえば、それ以外にはない。カチッと小さな蝶番《ちょうつがい》の立てる音とともに開いたそこには、果たして銀色の指輪が二つ並んで入っていた。

「純也、俺と結婚してくれっ」

しばしの沈黙が見慣れた自分の部屋を支配していた。そして、ゆっくりと天井を仰ぐとなんとも乾いた笑みが漏れてしまった。

なぜこのタイミングだと聞きたい。そして、嬉《うれ》しそうな顔でこっちを見るなと言いたい。

純也は思わず小さな溜息《ためいき》を漏らした。無事に帰国したら話があると言っていたから、最初は別れ話だろうと地味に落ち込んでもいた。だが、あれからいろいろあって、純也の気持ちも上がったり下がったりだったが、最終的には晃の母親に決意の背中を押されて自分なりの結論を出した。

この言葉を五年前、いや三年前に聞いていたら、自分たちの人生はまったく違っていたことだろう。だが、世の中というものは往々にしてこういうものだ。一つの歯車がどこかでずれたら、あれよあれよという間にすべてがずれていく。そうして、行き着く先にあるのは残念ながら「別れ」なのだ。

「指輪は古典的だったかな？　ピアスのほうがよかったか？　でも、学校にはつけていけないだろ？　そういうタイプでもないしな。俺もピアスは苦手だし……」

そんなことを言いながら、晃は純也の持っている小箱から片方の指輪を取った。そして、片手を吊っているから協力しろとばかり顎《あご》で左手を出せと合図してくる。

もちろん、出さない。純也は小箱をコーヒーテーブルの上に置くと、ソファに座る。それを見て、晃がいそいそと跪《ひざまず》いている。まだ己《おのれ》のペースで突っ走っているのが哀れになって、今度こそ純也がきっぱり言った。

「言っておくけど、手は出さないし、指輪も受け取らないぞ」

「えっ、なんで？　やっぱりピアスがよかったか？」

「そういう問題じゃない」

「じゃ、どういう問題？」

どうしてもわからないというなら、きっぱり言ってきかせるしかないだろう。そもそも、指輪なんか見せられる前に言うつもりだったのだ。

「だから、先に俺の話を聞けって言ったじゃないか」

「それと指輪とどういう関係が？」

「関係ない。まったくない。そもそも俺の話を聞いていたらこれを出す必要もなかった」

そこまで言ってから、あらためて晃の顔を真っ直《まっす》ぐに見ると言葉を続ける。

「つまり、俺の話というのは、別れ話だ。晃、別れよう」

ついに言ってやったという気分だった。思えば長い年月だった。五年前、いや三年前に言っておけばよかった言葉なのだ。それをあれこれつまらないことを気にして、ズルズルと体の関係に引きずられて、結局初恋のこの男を吹っ切れなかった自分が阿呆《あほ》だったのだ。

だが、言ってしまえばなんてことはない。「別れよう」なんて、たった五文字の日本語だ。想像していたほど心の動揺もない。だが、そのたった五文字の言葉を目の前の利口なはずの男は理解できないように、首を傾《かし》げているのだ。

「えっと、どういう意味？」

「どういう意味もこういう意味もない。俺たちの十数年という年月について、つき合っていたかどうかはこの際気にするな。俺も気にしないことにしたから。それで、今後のことについて考えてみた。俺はもうこの身が捩《よじ》れるような思いをしながら、鉄砲玉みたいなおまえを待っていられるほどの体力も気力もない。だから、別れることにした」

「いやいや、ちょっと待てよ。俺たち、つき合っていただろう。そこははっきりしておこうよ。互いの部屋の合鍵も持って、互いの趣味も性格も知り尽くして、何より体の関係を持ってきた仲だぞ」

晃がこの期《ご》に及んで二人がつき合っていると認めたが、もはやいまさらだ。

「そうか。俺たちはつき合っていたんだな。それがわかっただけでもすっきりしたぞ。だが、俺の意思はかわらない。さよならだ、元カレ」

「何、その軽い感じ。そうじゃないだろう？　そんなに簡単に切れるもん？　っていうか、俺のプロポーズはどうなんの？」

「どうにもならない。おまえはあえなく撃沈したということだ。おまえくらいの色男でもそういうことはあるもんさ。世の中って難しいよな。まぁ、落ち込まずこれからの人生もおまえらしく自信を持って生きていけよ」

数週間前までの弱気が嘘のように、今はこんなにも清々《すがすが》しい気分だ。三十三歳。やっと自由の身になれた。といっても、自分を縛っていたのは己自身の弱気であって、けっして晃のせいではない。なので、責める気はないけれど、晃はといえばすっかり魂が抜けたような顔をして純也の顔を見つめている。

だが、ハッとしたように我にかえると、いつもの彼のペースを思い出したのか自由になるほうの手で自分の髪を何度かかき上げたかと思うと、パクパクと唇を動かしている。

ディベートのときもよく見た晃の癖だ。そうやって次に言う言葉を頭の中で整理している。そして、その唇の動きが止まった次の瞬間、今度は機関銃のように言葉が吐き出される。屁理屈《りくつ》の場合もあるが、とにかく微塵《みじん》の迷いもなくまくし立てられると、たいていの人間は圧倒されてしまう。そこまで自信を持って言っているんだから、一理はあるんじゃないかと思わされてしまうのだ。

ところが、純也はそんな晃のやり方を熟知していた。とりあえず言わせておけばいい。反論は最後に一言で、それが的を射ていれば省エネで勝てる。

「一世一代のプロポーズをあっさり断られて、『元カレ』呼ばわりされて、どうやってこれからの人生に自信を持てと？　だいたいだ、おまえってそういう冷たいキャラだったのか？　そうでなけりゃ、もっとこう温かみのある人の痛みのわかる、人間味溢《あふ》れた優しい男だったじゃないか。そうだよ。俺みたいな厄介な男をここまで面倒見てくれるわけがない。そうだ。そうなんだよ。俺にはおまえという人間が必要だ。いや、俺の人生でおまえしか必要ないと言ってもいいぞ。わかるよな？」

ほら、きたとしか思えない言葉の羅列が始まった。そして、さらに続く。

「確かにな、俺は身勝手な人間だ。三十三になっても落ち着きはないかもしれない。いや、もっと振り返って反省しろというならそうしよう。二十代からでいいか？」

いや、どうせなら十代のつき合い出したときからにしろ。なんなら出会った瞬間からやってくれてもいい。そう視線で訴えていたのがわかったのか、開き直ったように出会いの瞬間から自己批判を始めた。

「そう、出会った瞬間から俺はいやな奴だったよ。そもそも、日本の大学に進学したことに少々疑問と不満があったのは事実だ。だが、日本人なのに日本で使えない奴と言われるのもいやだった。そういう意地みたいなもんであの大学に入ったから、性に合わなけりゃさっさと北米の大学に移ろうと思っていた」

そういう態度はディベートクラブで顔を合わせたときから、はっきりと漂っていた。だが、晃はしっかりその大学に四年通って卒業した。

「おまえに会ったからな。似たような教育環境で育ってきた奴で、価値観が近いのに俺とは全然違う感覚を持っていて、童顔のわりに度胸が据わっていて、落ち着いているのに誰にでも愛想はよくて、基本的に人を信じて人に好かれるタイプなんだと思った。そして、何よりも、俺の好みにストライクど真ん中だった」

ハイスクール時代に自分がゲイだと意識したという晃だが、やりたい盛りということもあって同じ性的指向の持ち主だとわかればけっこう奔放に遊んでいたという。病気にさえ気をつけていれば日本人の晃には宗教的なハードルは極めて低く、ハンサムなので相手には不自由していなかったようだ。

ただし、金髪で青い目のマッチョといちゃついても、何か違うという気持ちは拭《ぬぐ》いきれなかったという。どうやらそのあたりのテイストは極めて日本人的だったのか、色白ではかなげな可愛子ちゃんタイプが好みだったらしい。

「出会ったばっかりの頃のおまえは可愛かったよなぁ。後ろ姿なんか、体育会系の女子よりよっぽど華奢《きゃしゃ》でさ。こうぎゅっと抱き締めたら、『きゅう』なんて死にかけのハムスターみたいな声を出しそうな感じでさ」

純也自身、北米にいたときから小柄な体はコンプレックスだったが、自分という人間の価値は少なくとも体じゃないと割り切ってからはどうでもよくなった。ついでに、顔が可愛いかどうかはあくまでも晃基準の話で、彼の言う「可愛い」と学校の女子生徒によく言われる「可愛い」も、微妙に意味合いが違う気がする。

また、よしんば昔は可愛かったとしても、今はもう三十三のおっさんだ。そろそろ愛想を尽かしてもらっても、恨みごとなど言う気もない。

「大学を卒業して、二十代の頃はお互いいろいろあったよな。あっ、いや、俺はいろいろあった。純也はいつだってぶれない男だったが、俺はそうでもなかった。むしろブレブレだった。それは認める。浮気のようなこともした。だが、一言つけ加えさせてもらうなら、ああいうのは正確には浮気じゃない。というか、浮気ですらない。ちょっとおまえに冷たくされたりすると、俺は心が弱い人間だから慰めがほしくなっただけだ。誓って言えるのは、心を許していたのはおまえだけってことだ」

日本のテレビ局で報道に携わっていたときも、その後思い立ってアメリカの大学へ進学したときも、気づいていないふりはしていたが、そこそこ奔放にやっていたのは知っている。実際はそのことについては少なからず不愉快な思いをしていたものの、恋人気取りで嫉妬《しっと》していると思われるのもいやで素知らぬ顔をしていただけだ。

それを今になってそういう言い訳をされれば、部屋にきたときのまま取っていないマフラーの両端を引っ張って首を絞めてやりたい気分になる。

「いずれにしても、いつだって自分の足でしっかり地を踏むような歩き方をしてきたおまえには、俺って人間はさぞかし浮《うわ》ついて見えただろう。だが、俺だって不器用なりに己の人生を懸命に模索してきたんだ。その結果が今であって、それなりに頑張っているつもりなんだけど、おまえにはただの無責任な男に見えているってことか?」

まずは自分の非を認めてみるが、それでもやれるだけのことはやってきたアピールだ。もちろん、この男の場合、目的に邁進《まいしん》するためには人一倍努力を惜しまない。けっして口だけの男でないことはわかっているから、頑張っているつもりだと言われれば、つい「そうだよな」と同意してしまうのだ。

でも、今夜の純也はそう簡単に相槌《あいづち》を打ってやらない。このあたりでどうやらいつもとは違うぞと気づいてきた晃も、いよいよ本領発揮で己の本気度を訴えてくる。

「俺が本当に無責任な男だったら、指輪まで用意してけじめをつけようとすると思うか？　俺は本気だ。俺の目を見れば、どのくらい本気かおまえならわかるはずだ。この十数年という月日は伊達《だて》じゃないだろう？　俺たち二人だけが理解できる、濃密で貴重で意味深い時間があったよな？　そして、この歳《とし》だからこそ言える重い言葉ってもんがあるんだよ」

こういう大仰なことを言うとき、晃はまずは英語で文章を構築して、それから一気に日本語に自動翻訳しているんじゃないかと思っている。というのも、純也のほうも馬鹿話ではそうでもないが、こういう話を聞いているとき、自動的に英語に置き換えてしまう癖があるからだ。

そして、それはきっと晃の頭の中にある英文とほぼ一字一句違っていないだろう。このときも英語に置き換えてから、なるほどとばかり片方の眉《まゆ》を上げた。すると、晃はここぞとばかり、自由になるほうの片手で純也の肩をつかみ、視線をしっかりと合わせてくると言ったのだ。

「俺は、心から、おまえだけを、愛しているんだっ」

内心「きまったな」と思っているのが透けて見えている。もちろん、嘘ではないというのもわかる。幸か不幸か、晃の言うようにこの十数年という年月は伊達ではない。今では家族以上に相手の考えていることや感じていることがわかってしまう仲なのだ。

にもかかわらず、肝心なことを何も伝え合わず、伝わりきっていなかったという不幸は取り返しがつかないということだ。

純也はここで一つ深呼吸をして、コクンと小さく頷《うなず》いてみせる。わかってくれたかとばかり、晃の顔に満面の笑みが浮ぶ。そして、もう一度コーヒーテーブルの上の小箱を引き寄せて指輪を手にしようとしたので、すかさずに言った。

「でも、別れるから。もう決めたから」

今度こそ晃の眉が情けなくハの字に下がる。

「なんで……?」

なぜこの気持ちが伝わらないのかと問いかけたい気持ちはわかる。だが、わかっていてなお断っているのだということがなぜわからないのかと、反対に問いかけてやりたいくらいだ。

「おまえのことは好きだ。けれど、一緒に生きていくのは無理だろう。物理的にも精神的にも難しいってことは前々から思っていた。ただ、今回のことがあってようやく決心がついた」

「今回のことって……」

「俺は、おまえが世界のどこかで死にそうになっていると想像しただけで具合が悪くなる。ましてて、おまえの死を一番に知りたいと思わない。できれば、二番目、いや五番目くらいに誰かの言葉でやんわりと伝えてもらったほうがいい。でないと、こっちのほうが心臓麻痺《まひ》で死んでしまいかねないからな。というわけで、今後は一線を越えた肉体関係をこの際すっぱり断ち切り、ただの友人になりたいと思う。当然だが、そういう理由によってプロポーズも受けられないから」

「ただの友人……」

呆然《ぼうぜん》と呟《つぶや》くので、純也はさらにはっきりと言ってやった。

「そちらが友人関係さえも却下するなら、あえて意義を唱えない。関係そのものを終わりにしよう」

「終わりにする……」

さっきからずっと純也の言葉尻《ことばじり》を繰り返してばかりいるが、その視線はずっと宙を見つめたままだ。こういう顔もこの十数年何度も見てきたから知っている。

何か予想外のことが起きたとき、自分の頭を整理しようと必死になっているときの顔だ。純也の別れの言葉が本気なのか、本気だったらなぜこうなったのか、修復のための手立てはないだろうか、あらゆる可能性を必死で探っているのだろう。

気の毒ではあるが、今回ばかりは晃がどんなに知恵を絞ってもどうにもならない。純也の決意はそれほどに強固なのだ。

わりと長い沈黙が流れた。宙をさまよっていた晃の視線が、やがてゆっくりと純也の顔に戻ってくる。だが、その目には力がない。結局、純也を説得する言葉が見つからなかったのだろう。

普段なら千でも万でもあることないこと言い立てて、相手を煙に巻くくらいできる男だが、相手が純也であることや、あまりにも思いがけない状況に考えがまとまりきらなかったのだ。

（プロポーズなんて、柄にもなく張り切った真似するから……）

ちょっと可哀想《かわいそう》になったが、ここで同情している場合ではない。自分が揺れたら、その隙《すき》を見逃す男ではないのだ。

「ああ、そうか。そういうことか……」

最終的に晃はそう呟いた。そして、がっくりと肩を落とすと同時に純也の肩からも自分の手を離した。それでもまだしばらくは腑《ふ》抜《ぬ》けのようにその場にいたが、やがてゆっくりときびすを返してリビングを出ていこうとする。

その頃にはすっかり部屋は暖房で暖まっていたが、晃は当然ながらコートを羽織り、マフラーをグルグル巻きつけたままの格好だ。そのままふらふらと玄関に向かっていくのを見て、純也が声をかける。

「おい、ちょっと待て」

晃の足がピタリと止まり、微《かす》かな希望でも見出《みいだ》したかのように力ない笑みとともにこちらを振り返る。だが、彼の喜ぶような言葉をかけるつもりはない。

「これを持って帰れ。ここに置いておかれたら困る」

そう言って、コーヒーテーブルの上の指輪の小箱を手にすると、廊下に立っている晃に向かって投げてやった。晃はそれを右手で受け取ると、もう一度こちら見てたずねる。

「本当にいらないのか？　給料三ヶ月分だぞ」

案外未練がましいところのある男だった。

「おまえ、給料っていうか年俸だろうが」

「十二で割って、三ヶ月分……」

この際、どうでもいい話だ。手を横にヒラヒラと振っていらないと今一度きっぱり告げる。そんな泣きそうな顔をしても駄目なものは駄目なのだ。

だが、しょぼんと俯《うつむ》いたかと思った次の瞬間だった。晃はいつもの勝気な表情に戻り、純也に向かって指輪の小箱を突き出し言った。

「俺は諦《あきら》めないぞっ。こっちだってな、半端な覚悟でプロポーズを決めたんじゃないんだ」

「ああ、そう。だったら、こっちも半端な覚悟で受けられないから、やっぱり断る」

大学時代にディベートで負かしてやったとき、よくしてみせた悔しそうな顔。実は、純也が最も好きな晃の表情の一つだ。子どもみたいに強がりながらも、これ以上弱味を見せるものかと頑張っている顔だ。でも、こういう顔を見せるのは純也に対してだけで、他の誰かにはたいていいまだまだ余裕のある素振りをしてみせたりする。

「絶対に、絶対に『イエス』って言わせるからなっ。間違っても他の男なんか作ってんじゃないぞっ」

「何言ってんだ？　俺の勝手だろうが。元カレの指示は受けないぞ」

「元カレじゃない。まだ違うぞ。俺は認めないからなっ」

未練がましいのを通りこして、往生際が悪い。純也がもはや言葉もなく肩を一つ竦めてやると、晃は指輪の小箱を握り締めたまま部屋を飛び出していったのだった。

◆◆

（ああ、ついに身軽な三十三歳だよ……）

自由になった己の境遇に、しみじみと呟いた。

毎年、クリスマスシーズンには賑わう街と幸せそうな恋人たちが、ちょっぴり恨めしい気分だった。だが、今年はいっそ一人でこんなにも晴れやかだ。

そして、例の往生際の悪い元カレはといえば、片手を吊ったままでニューヨークへ戻っていった。最後の最後までメールが届いていたが、「友人」としてちゃんと体を労《いた》わってやった。

ニューヨークに戻ってからもしつこくメールはくるが、やっぱり「友人」として励ましてやり、クリスマスホリデーのメッセージも送ってやった。我ながら大変大人の対応だ。

仕事は相変わらずだ。受験を控えた生徒たちはそれなりに緊張感を持って頑張っているので、自信を持って試験に臨めるようにしてやりたい。また、卒業予定の生徒の中には、秋から北米の大学に進学を考えている者もいるので、在学中に自分のできる範囲でしっかりサポートしてやりたい。冬というのは、教師にとって一年のうちで最も忙しい時期だといってもいいくらいだ。

メールは以前よりもはるかに頻繁に送ってくる晃だが、彼もまた今はアメリカと中国のダブルスパイではないかと疑われている人物について、局をあげて追跡している最中で忙しそうだ。中国関係となったら、またしても北京語が得意なアユミの出番で、アジア関係の仕事なら当然彼女と組むのだろう。

晃は彼女のことを「魚雷女」と呼んでいたが、いわゆる「大和なでしこ」からはほど遠いにしても、病院での晃の母親への対応を見ているかぎり、常識も良識もある年相応の女性だ。おまけに、知性と美貌《びぼう》とユーモアのセンスまで持っているのだから上等だ。

なんなら公私ともにパートナーシップを組めばいい。世間では、ゲイの自覚を持ちながら結婚する男女もいる。もちろん、理由は様々で中には社会的なカムフラージュのためという者もいるだろう。だが、晃とアユミならもっと恋愛感情よりも別の次元の、「同胞意識」のようなもので繋がれるのではないだろうか。そうやって考えれば、肉体関係なんてどうってことでもない。しょせんセックスもコミュニケーションツールの一つであり、他の部分でも人間はちゃんと深く強く繋がり合える。

常日頃から、純也は英語なんてものはコミュニケーションツールの一つでしかなくて、一番重要なのはその人間が何を感じ、何を考えているかだと生徒たちに話してきた。どんなにネイティブのように美しい発音で流暢《りゅうちょう》な英語を話していても、その内容が空っぽで耳を傾けるようなことが一つもなければ、その人間は誰にも相手にされない。

反対にどんなに訛《なま》っていても、イントネーションが少しくらいおかしくても、話している内容が興味深ければ誰もがその人の周囲に集まってくる。それは日本や北米にかぎったことではない。世界中どこにいても、人というのはそういうものなのだ。

心が通じれば言葉など二の次というのは、ある意味正しくて間違っているのだ。伝えるべき心があるか否かがまずありきということなのだ。ただ、相手に自分の考えをより正確に伝え、相手の考えていることをより深く理解するために、英語という道具をうまく利用できるようになってほしい。そういう思いで純也は英語を生徒たちに教えている。

そうやって考えると、恋愛や結婚もそんな気がしてくるから不思議だ。若い頃は体の欲望のままにセックスを貪《むさぼ》っていた時期もある。大きな声では言えないものの、純也はあとにも先にも晃が肉体関係を初めてリアルに意識した初恋の相手であり、この歳まで唯一の男だった。

それまでの同性に対する感情は、自分の華奢な体や押しの弱い性格をコンプレックスに感じているせいで、正反対のタイプにほのかな憧れを抱《いだ》くというものだった。けれど、そこに具体的な性の衝動はなくて、「あんなふうになりたい」という感情はあっても、「彼に抱かれたい」という思いではなかったのだ。

それが、晃に出会って変わってしまった。晃は純也とは正反対の性格で、憧れる要素は多分にある男だった。ところが、晃とディベートを重ねるごとに自分を認めてくれるから、だんだん彼の存在が自分に近しいものと感じられるようになった。そして、ある日突然、普通ならものすごく告白しにくいことを彼はあっさりと口にした。

『俺、ゲイなんだよね。三上《みかみ》はどうなの？』

それはまるで、「俺、甘党なんだよね。三上はどう？」と聞かれているくらいの気軽さだった。そのとき、たまたま視聴覚教室で二人きりだったこともあった。べつに隠し立てするほどのことでもないなという気分になってしまい、純也の口からもスルリと真実がこぼれ落ちた。

『ああ、俺もそうだけど……』

純也の答えを聞いたときの晃の顔を、今でもはっきりと覚えている。人はこんなふうに魅力的に微笑《ほほえ》むことができるのだろうかと心から感心するような笑顔。安堵《あんど》とか喜びとか照れくささとかいろいろなものが入り混じっていて、心の中の思いが全部出てしまっているような顔だった。

ディベートでは言葉で人をまくし立てているくせに、今この瞬間の彼はまっ正直で素顔のままの彼なのだと思った。そういう人間は信用できる。だから、体を重ねることに抵抗はなかった。

（もちろん、あのときはここまで長いつき合いになるとは思ってなかったけどな……）

好奇心を満たし、体の欲望を満たし、会えばやるという日々も過ごしたし、ちょっと距離を置いたときもあった。その後は物理的に離れて暮らした日々もある。それでも、十年以上のつき合いになると、黙っていても相手の考えていることがわかるような関係になっていき、かえって肝心なことも言葉にしなくなっていった。

もう空気のようなものだ。いて当たり前、あって当たり前。意識などしないくらい当然の存在。それなのに、急にそれでは駄目な気がしてきた。

それは純也の身勝手な不安だったのだろうか。三十三歳という年齢や、実家からの「結婚はまだなの？」などという言葉に疲れてしまっていたのかもしれない。でも、今となってはそれは晃も同じだったのだ。そうでなければ、いきなり指輪まで用意してプロポーズをするなんてあり得ない。

プロポーズを受けなかったのは、冷静に考えて晃とともに人生を生きていく自信がなかったから。今現在も物理的な距離があって、それぞれの生活の場は東京とニューヨークと離れている。純也は自分の仕事が気に入っているし、やりがいも使命感もあって教師は自分の天職だとさえ思っている。

片や晃だって今の仕事はまさに彼が長年探し求めていたものだ。日本のテレビ局の報道において、規制や自粛や視聴率や人間関係などで絶望感を味わっていた。ジャーナリズムをもう一度勉強し直したあと、今のアメリカのケーブル局に入ったとき、彼はまさに水を得た魚のように輝き出した。

危険を顧みない取材については疑問もあるが、本人にしてみれば「死ぬ気はない」という言葉に嘘はないのだろう。ただ、傍《はた》から見ているとどうしようもなく危なっかしくて、こっちのほうが身を細る思いを強《し》いられてしまうだけ。

純也はそんな思いをしながら晃を待ち続けている人生に疲れてしまった。プロポーズを受けたからといって、今の自分たちの生活スタイルの何が変わるわけでもないだろう。互いの指に指輪がはまっているというだけで、晃はニューヨークを拠点に世界を飛び回り、純也は東京で生徒たちに英語を教える日々だ。

たまに戻ってきたら、抱き合って互いの温《ぬく》もりを確かめ合うが、そこには当然のように男女の結婚のような社会に認められた繋がりもなければ、将来を約束するものは何一つない。日本ではゲイの結婚は認められていないのだから、すべてのゲイのカップルはそういうことを全部呑み込んだうえで一緒にいるだけ。

でも、晃と純也は一緒にいることもできなければ、互いの道を諦めることもできない。そのうえで今のままの関係を続けるのは難しいと判断したからこそ、プロポーズを断り、別れを切り出した。そして、そのことをけっして後悔はしていない。

マンションの最寄駅に着くと、駅前のケーキ屋の「クリスマスケーキ予約受付中」の張り紙が目に飛び込んでくる。クリスチャンでもないのに、なぜクリスマスを祝おうとするのか日本人は不思議な人種だ。だが、考えてみれば、べつに祝っていない。ただ騒いで楽しむための理由にしているだけだ。

「今日は○○課の××ちゃんの誕生日でーす。おめでとう。じゃ、みんなで大いに飲んで騒いで盛り上がっちゃおう！」などというのと同じ感覚なのだ。

「今日はなんとナザレのイエスくんの誕生日でーす。世界中のみんながめでたいって言ってるから、俺らもちょっと一緒に盛り上がっちゃおうぜっ！」ってな具合だ。

そういう馬鹿騒ぎにはまるで興味はないし、子どもの頃からクリスマスは自分たち家族にとっては特別な日ではなかったけれど、北米にいたときはそれを祝う人たちにはやっぱり笑顔で応《こた》えていた。日本に戻ってきてからは、自分たちの周囲にクリスチャンの人がほとんどいないので、むしろそのはしゃぎっぷりにげんなりもさせられた。だが、今となってはこれも一つの文化で風習なのだと微笑ましい気分でいる。

つい先日のことだった。土曜日も営業している隣町の大きな郵便局に、不在配達の荷物を受け取りにいった。窓口では家族や友人たち宛《あて》にクリスマスカードを送っている白人の女性がいて、その対応をしていた若い男性職員がクリスマス模様の切手を日本語で販売したあと、笑顔で彼女に向かって「メリー・クリスマス」と言っていた。

素敵な対応だと思った。「メリー・クリスマス」は季節の挨拶の言葉で、その人が幸せで心穏やかなクリスマスホリデーを過ごせますようにと祈る言葉でもある。北米ではその季節にはスーパーのレジでも銀行でもカフェでも、あらゆる場所でそう声をかけ合う人々を見かけた。皆が優しい気持ちでその言葉を相手に投げかけるのだ。

郵便局で見かけた白人の若い女性もにっこり笑うと、郵便局の職員に同じ言葉を返していた。窓口業務で覚えたことなのかもしれないが、そういう異文化や異なる宗教への理解は素晴しいと思う。

今年もクリスマスは例年どおり何も特別な予定はない。そもそも、晃とつき合っていた頃だって、クリスマスに何をした記憶もない。あの男とは会っているときがすべてで、離れているときはそれぞれ自分の仕事に追われているというのが日常だったのだ。

それでも、ニューヨークの職場から、仕事の合間に短いメールを送ってくれることもあった。去年は報道局のオフィスで開かれているクリスマスパーティーの画像とともに、「愛してるぞー」という雄叫《おたけ》びを送ってくれた。デスクにはシャンペングラスがあったから、多分酔っ払っていたんだろう。今思い出せば、あの映像の後ろに、アユミが色っぽい黒のドレス姿で行ったりきたりしているのが映っていた。

シャンペンに酔って雰囲気に浮かれ、美人のアユミとキスの一つもすれば、いくらゲイでもその気にならないだろうか。

（だいたい、あいつって女を抱いたことはあったのかな？）

長いつき合いながら、なぜかそのことだけは聞いたことがなかった。純也は自分がゲイだと気づいて、その後初めてセックスをした相手が晃だった。だが、晃は十五、六歳にはゲイの自覚があって、クラスの友人やスポーツクラブの知り合いなんかと関係を持っていたはずだ。

男とセックスをしてから、一応女ともやってみようと思ったかもしれないし、思っていないかもしれないが、いずれにしてもアユミは晃にとっては特別な女性だと思う。

彼らが話している雰囲気でかなり気持ちを許しているのはわかったし、命をともにして取材に出る仲なのだ。そのアユミも年齢は晃や自分よりも三つ年上だというから今年で三十六歳。りっぱな大人の女性だ。あれだけ仕事ができるのだし、結婚についてどういう考えを持っているのかはわからないが、形に縛られることなく晃とならパートナーとして人生をともに生きていくという選択はあるのかもしれない。

まだまだ性的に枯れる歳ではないが、十代、二十代のようにがっつくようなセックスはそれほど必要でもなくなってきた。だったら、そういう肉体的な欲の部分を別にして、同胞として一緒に人生の時間を共有することは可能だと思う。

そうなれば、きっと晃の両親も大喜びするだろう。息子がゲイで孫も抱けないと嘆いていたのに、アユミが形ばかりでも「嫁」としてきたなら、もうこれは一発大逆転の状況だ。いまどきセックスしなくても、子どもは作れる。

晃がどうしてもアユミを抱けなくても、二人の子どもを作る方法はいくらでもあるのだ。そういうことに関しては日本よりもずっと技術も考え方も進んでいるうえに、当人たちが北米で教育を受けていてそういうことに抵抗が少ないのだからこれについても問題はない。

帰宅の途中、駅前のスーパーで食材の買出しをして、いつものクリーニング屋に寄って、その道すがら大きなお世話ながら晃とアユミの将来についてしみじみと考えてみた。

（うん、なんか完璧じゃないか……）

純也に指輪を突っ返されて、拗ねた子どもみたいな顔をして「俺は諦めないぞっ」と叫んで出ていったが、どう考えても諦めて新しい目の前の人生に飛びついたほうがいい。友人としてはぜひそれを勧めてやりたいところだ。

晃はそれでいいとして、自分はどうしたもんだろう。スーパーで買ったものを詰め込んだエコバックを肩にかけ、クリーニング屋で受け取ったスーツの入った袋をぶら下げながら考えていると携帯電話が鳴った。メールの着信音だった。

手荷物がいっぱいで見るのは億劫《おっくう》だったが、学校関係の緊急連絡の場合もあるので、一旦《いったん》その場で足を止めて携帯電話のモニターを確認する。そして、小さく溜息を漏らす。晃からだった。

『腕の骨折が完治した。ところで、指輪よりも大きなプレゼントを用意して、もう一度プロポーズする予定だから覚悟しておけよ』

報告なのか予告なのか、あるいは脅しなのか。意地になっているとしか思えない近頃の晃のメールは、何かを企《たくら》んでいるようではあるが、それが何であろうと知ったことではない。

純也の中の「結婚」熱はもう冷めたのだ。女性にも結婚に対する願望の波があるように、ゲイにもそれがないわけではない。そして、女性がそれに冷める瞬間があるように、ゲイの純也もまた今は人生に一つのけじめをつけたところだ。ゲイでも互いにパートナーとしてともに生きていこうなんて夢は、当分は見る予定はない。

今はとにかく仕事に生きていくだけ。そして、将来自分の教え子の中に社会のためになるりっぱな人材が育ち、彼らが「恩師は高校時代の三上先生です」と言ってくれたりするのを夢に見ているだけだった。

例年どおりのクリスマスが過ぎて冬休みに突入し、ほとんど毎日のように学校に行って英語の特別講習のクラスを担当している。こういうときはネイティブスピーカーの先生の出番はほとんどなく、日本の大学受験の経験がある純也が借り出されるのは当然なのだ。

午前中に長文読解の特別授業をやって、午後からは個別に取り組んでいる勉強を見て回り、質問を受け付ける。授業時間は通常よりも遅い十時から開始で、昼休みを挟んで二時まで。その後、塾に行く子もいれば、自宅で勉強する子もいるし、中には学校の図書館に残って自習していく子もいる。

午後五時に学校に残っている子たちを見送ってから、自分も帰宅する時間には外は真っ暗だ。戸締りをして警備室に鍵を持っていき、顔見知りの警備員の人に挨拶をして帰ろうとしたら背後から声がかかった。

「先生、今夜は降りますよ。傘持ってます?」

雨の予報など出ていただろうかと思ったが、折りたたみの傘はいつも鞄に入れてあるので、警備員の人に礼を言って裏口から外に出た。学校から近くの私鉄の駅まで歩いていると、その夜は星もない暗い空からチラホラと白いものが舞って降りてきた。

「ああ、雪か……」

降るというのは雨ではなくて雪だったのだ。今年もあと二日で終わる。明日もう一日特別講習があって、大晦日《おおみそか》と元日から三日は受験生も一応の休みだ。だが、焦っている連中はきっと机にへばりついているのだろう。そんな努力が実ればいいと思う。春には明るい笑顔で嬉しい報告をしにきてくれると信じている。

　誰でも頑張っただけの結果は得られる。もし希望の大学に合格できなかったとしても、蓄積された知識と学力はその子の大きな財産になるはずだ。

　純也は鞄から傘を出そうか迷ったが、雪はまだそれほど激しくもない。ハラハラと頭や肩に落ちる程度だ。これなら駅まで小走りでいけばそれほど濡《ぬ》れることもないだろう。

　今年は明日の夜から実家に戻ろうかと思っている。毎年大晦日に戻って二泊したら、二日の午後には早々に自分のマンションに帰ってくる。慌ただしいと母親は文句を言うが、「おつき合いしている女性はいないの？」から始まって、最終的には結婚話を急《せ》かされるのがいやで逃げ出しているというのが本音だった。

　だが、結婚はできないならできないで、その分だけ親孝行はするべきだという気持ちになっていた。どうしたって孫を抱かせてやれないのだから、それなら一人息子の自分ができるだけ親にしてあげられることをすればいい。

（温泉旅行でも誘ってみるかな……）

　などと、三十三にもなってようやくそんなことを思うようになった。晃のことを身勝手な親不孝者のように言ってきた自分だが、あえて危険な仕事に身を投じていなくてもこれまでの自分も充分親不孝者だった。

大いに反省しながら駅に着くと、肩と頭の雪を払ってから改札横の旅行代理店の自動ドアの前に立った。だが、店の中に入って相談するまでもなく、ドアの横には大きなスチール棚があって、そこには国内外の年末年始の小旅行プランのパンフレットがずらりと並んでいた。その中から両親が喜びそうな、近場の温泉プランの載ったパンフレットをいくつか集める。今から正月の予約は無理だろうが、冬休み明けの連休あたりならどうにかなるかもしれない。パンフレットをまとめて小脇《こわき》に抱えて電車に乗り込むと、座席に座ってパラパラとめくってみる。両親を誘うなら料理もそれなりのところがいいだろう。父親は地酒のおいしいところなんて注文があるかもしれない。母親はおいしい魚介類が楽しめるところというのは想像がつく。

そういえば、以前に晃が急に短い休暇を取って帰国して、いきなり温泉へ行こうと言い出したときがあった。あれはまだ夏前のことで、ごねる晃に引きずられる格好で一日学校を休んで無理やり三連休にして出かけたことがあった。

予約も何もない。東京から信州方面に車を飛ばし、行き当たりばったりで温泉街に行き、街の公共の温泉に入って適当な地元の店で名物を食べ、たまたま空きのある旅館で素泊まりするという小旅行をした。

ナビを入れたのになぜか全然予測した場所と違うところに案内され、旅館に片っ端から電話しても満室だと断られ、秘境すぎてガス欠になりかけ、ゲリラ豪雨に見舞われトンネルで立ち往生などしながらも、どうにかこうにか寂《さび》れた温泉地にたどり着いた。

着いてみれば川べりに無料で入れる温泉があったり、寂れた食堂の焼き魚定食が唸《うな》るほどおいしかったり、ようやく見つけた旅館の親父に気に入られて地酒を振舞われたりと、二泊三日の間というもの怒ったり笑ったり忙しくて、東京に戻ってきたときは馬鹿馬鹿しい旅ですっかりリフレッシュしている自分がいた。

でも、ああいうことは晃としかしようと思わない。他の誰かとなら、きっと途中で逃げ出しているだろう。

（いつだって勝手だし、無鉄砲だし、人を振り回すしさ……）

それでも、晃とならどうにかなるような気がするのだ。なにしろ、この間の取材でも自分で手榴弾《しゅりゅうだん》を投げ返して、左腕の骨折だけで生還するような男なのだ。強運という意味ではあの男以上の人間はいないだろう。

晃といて、自分はその強運を分けてもらっているような気もしていた。でも、どんな強運の人間でもその運が尽きるときもくる。今度のように無事に戻ってくることができればいいけれど、万一のことがあったとき自分はきっと晃の死に耐えられないだろう。

晃のように強い人間じゃない。自分の目の前のことを一つ一つ片付けていくのが精一杯で、許容範囲以上のものを抱えたら弱い心は簡単に壊れてしまう。晃は純也のことを思慮深いと褒めてくれる。それは数少ない自分の利点かもしれないが、同時に慎重すぎる小心者という意味でもあるのだ。

だからこそ、晃のような強い男がそばにいてほしいと思う。守られたいというのではない。ただ、彼のような鋼《はがね》の精神力を持った男がそばにいれば、自分も強くならなければと自然と思えた。そうやって晃がそばにいてくれた十数年、彼に恥じない友人でいようと頑張れた自分がいたのだ。

だからこそ、いつしか彼と一緒に生きていく人生がこの先も確かにあるのだと確認したくなっていた。もちろん、男同士で結婚なんて無理だとわかっているけれど、それでも二人がこの先の運命をともにして生きていくという何かの形がほしかった。もしそれがあれば、自分の人生の中の確かな現実として、晃という存在を認めることができただろう。

親にも自分がゲイであることをきちんと伝え、晃がパートナーであることも話し、たとえ笑顔で認めてもらえないとしても自分なりに人生のけじめがつけられたと思う。

けれど、晃に指輪を渡されたとき、純也はあらためて不安になったのだ。晃の取材中の負傷もそうだし、アユミという思いがけないほど魅力的な女性が現れたことや、晃の母親に何気なく相談されたことが引き金になったのは事実だ。だが、それよりももっと違うところで、長らく抱えてきた不安をはっきりと認識させられた。

晃は純也に彼の強運を分けてくれてきた。彼の勝手も無鉄砲も横暴もすべては許容範囲内のことで、怒ってみても拗ねてみても、結局は全部許せてきたのがその証拠だ。

『晃のような友人がいて刺激的なんです。世界のニュースの最先端にいて、常に使命感を持って頑張っている。誇りに思える友人です』

晃の母親に言った言葉に嘘はない。本当にそう思っている。晃はたくさんの新しい世界を純也に見せてくれる。大学時代に知り合ったときから、ゲイだと告白することも、体を重ねる快感も、自分がやりたいことに向かって迷わず邁進する姿も、ときに危険を顧みず自分の使命と思ったことに突き進んでいく姿勢も、全部がすごいと思うし、彼を見ているだけで自分まで全速力で人生を走っている気になる。

自分のできないことを目の前でどんどんやってのける彼が、友人以上の存在であることにどれくらい幸せや幸運を嚙《か》み締めてきたかわからない。

それに比べて、自分はこれまで何を晃に返してきたのだろう。彼にとって自分はどういう存在なのかわからない。長年のつき合いだし、体を重ねてきたし、即物的な欲望は満たしてきたと思う。また、互いの趣味や嗜好《しこう》も、考え方ややりそうなことも、たいてい知り尽くしているのも事実だ。だが、それらはすべてお互い様のことばかり。

晃が純也に与えてきてくれたような「何か」が、自分にはあるのだろうか。聞いたことがないのでわからないけれど、きっとないんじゃないだろうか。それは、アユミのように晃と対等に切磋琢磨《せっさたくま》して刺激を与え合う存在を見てしまったから、よけいに感じるようになったのかもしれない。

（プロポーズのときでさえ、俺のどこが好きか言わなかったもんな……）

とどのつまり、惰性の関係で面倒なく都合がよく、ついでに心地がいい程度のことなのではないだろうか。それで、今回危険な取材で死にかけたのをきっかけに、自分の帰る場所をきちんと確保しておきたくなったというならわかる。

局の同僚であるネイサンに万一のときは両親より先に純也に連絡をするように頼んでおいたというのも、親に直接ショックを与えたくないという気配りのような気がする。お互いにゲイということで親不孝をしている身だ。そのうえ、親より先に死ぬなんて親不孝の上塗りをすることになったら、申し訳ないなんてものじゃすまない。

大きすぎる衝撃に対してクッションとなる存在があればいい。そして、遺体となった自分を見て悲しみに心痛めながら、残された親を支えて励ましてくれる存在になってほしい。それを頼めるのは純也しかいないと考えたのだろう。

人はどう思うか知らないが、晃がそう考えていたとしてもけっして身勝手で都合のいい思惑だとは思わない。宗教など関係なく教会で結婚式を挙げる日本人は、「死が二人を分かつまで」という言葉をとてもロマンチックだと感じるらしい。だが、あれはもっとシビアでリアルな契約なのだ。

「病気になっても貧乏になっても相手を見捨てることなく、死ぬまで添い遂げると誓いますか？」と問われているのだから、「イエス」と答えたかぎりは責任を持たなければならない。

もっとも、そんな責任は昨今、弁護士や裁判が片付けてくれているから神様の説教の場さえないのだけれど。

だから、晃が結婚と言い出したのなら、万一のことがあったときは責任を持ってその死を受けとめなければならないということだ。理屈はわかるし、それは結婚したなら当然のように生じる義務だ。反対に純也が通勤途中に交通事故に遭って不幸なことになれば、晃がその厳しい現実を伴侶《はんりょ》として精神的にも物理的にも受けとめていかなければならない。

（でも、俺には無理みたいだ……）

純也はいつしか温泉のパンフレットを膝《ひざ》に置いたまま、ぼんやりと向かいの窓の外に流れる景色を見つめていた。

自分は晃のように魅力的な男を惹《ひ》きつけておく何があるでもない。平凡で生真面目だけが取り柄で、大それた真似などできなくてむしろ退屈な人間だ。それなのに、晃という人間をこんなにも好きでいる。それを誇ればいいじゃないかと言われてもやっぱり無理なのだ。同じように彼に愛されている確信がなければ、この気持ちは単なる一方的な押しつけになりかねない。

これは長い長い片思いのようなもの。ずっと自分ばかりが晃に惹かれてきた。彼の身勝手もわがままも無鉄砲も全部許せたのは大好きだからだ。そして、今もその気持ちは微塵も揺らいでいない。遠くにいる彼を思うときも、いきなり帰ってきた彼の笑顔を見たときも、同じベッドで目覚めた朝も、いつだって馬鹿みたいに彼に夢中な自分を見つけるばかりだ。

そして、彼が旅立っていくとき、その後ろ姿を見送りながらいつだってこの心が張り裂けそうになっている。どんなに憎まれ口を叩きながら、半ば追い出すようにその背中を押しても、「今度はいつ会える?」とそればかり考えている自分がいる。

晃が好きすぎて辛《つら》い。それなのに、彼に相応《ふさわ》しいと思えない自分が辛い。晃のすべてを引き受けられたらいいと思うけれど、自分にはそんな資格もなければ根性もないし、万一のときに気丈に振舞えるほどの肝さえも据わっていない。今度の一件でそのことも実感した。

晃にもしものことがあったらと考えただけで、食事も喉《のど》を通らないどころか、吐きそうになって心拍数と血圧が上がり、猛烈に具合が悪くなってまともに生活ができなくなる。そんな人間が責任を持って彼の人生をあずかることなんてできやしない。結局、三上純也という人間は高畠晃に愛されるほどの器でもなければ、彼には相応しくないという結論だ。

もっと若い頃にプロポーズされていたら、こういう難しいことを考えるまでもなく、単純に大喜びして指輪を受け取っていたかもしれない。ただ、今にして思えば、そうだったとして二人の今があるだろうかと考えるのだ。

勢いでした結婚なんて続くわけがない。男女の仲と違い紙一枚の契約もないのだ。「もう駄目だな」の一言で袂《たもと》をわかって、顔も合わせないような関係になっていたかもしれない。

この歳になってプロポーズされたからこそ、冷静に二人の将来のことを見つめて別れるという選択ができた。寂しいけれど、間違っていたとは思っていない。

少なくとも、自分たちは憎み合い愛想を尽かしあって別れたわけではない。誰よりも気心の知れた友人として、この先の人生の折々に顔を合わせて冗談や憎まれ口を叩き合い、嬉しいことや悲しいことはそれぞれ自分のことのように感じ、ともに喜びときには泣いたりヤケ酒を飲んだりもできるのだ。

その距離感がちょうどいい。自分ばかりが晃を好きで、夢中になって何も見えなくなっているなんて、三十三にもなる大人としてあまりにも理性に欠けると思うから。

恋に夢中の人生で何が悪いという人がいたら、笑顔でこう答えるだろう。「恋愛に対する考えは人それぞれですから。ただ、俺はそういうふうに思うだけです」と。

恋愛に正解などないのだ。男女の関係ともかぎらないし、男同士でも好きだから一緒にいる人もいれば、好きだから別れるという選択もある。

やがて電車の乗り換え駅に到着して、ぼんやりとしていた純也の耳にもアナウンスが届く。降りなければと立ち上がったとき、膝に置いていたパンフレットが床に落ちて慌てて拾い集める。

とりあえずは親孝行でもしよう。そうして、また新しい人生を一から構築していけばいい。もう三十三だけど、まだ三十三歳。いろいろとやり直すには全然遅くない歳だと思うから。

◆◆

すでに年が明けて三学期が始まり、あっという間に二ヶ月が過ぎた。
一、二年は通常授業だが、二月も下旬になって三年生は受験まで自由学習の状態に入っている。この学校では三年生の二学期中に必要な単位をすべて取得するようにカリキュラムを組んでいるので、三年生の三学期は本人次第で登校の必要もない。
それでも、不安を紛らわせるためや規則正しい生活をするために登校してきて、自習する学生も少なくない。中にはとりあえず推薦で合格通知をもらっている者もいるが、まだ試験を終えていない者もいるし、受験まであと数日という者もいる。全員の進路がきちんと決まるまで、教師も生徒もなんとなく落ち着かない日々だ。

そして、そんな生徒たちを励ましながら、純也自身も今年に入って新しい道を模索しつつあった。

晃と別れて寂しくはあるが、ある意味精神的不安や負担は少なくなった。両親とも一泊の短い温泉旅行に行った際、おそらく結婚はしないだろうと伝えておいた。理由は明確には告げなかったが、自分は結婚生活に向いているタイプではないと思うという曖昧《あいまい》な言葉を、彼らは溜息交じりに受け入れてくれた。

『あなたの人生だもの。好きにすればいいわよ。ただ、自分で後悔しないようにしなさいね。自分の息子ながら、純也はちょっと人に対して優しすぎるところがあるから心配よ』

母親はなんとなくすべてをわかっているような感じでそう呟いていた。晃の母親もそうだが、女性というのはカンが鋭いし、いざとなれば強い。きっとアユミもいずれはたくましく子どもを守り抜く母親になるのだろう。そうでなかったとしても、彼女は迷いもなく己の道を突き進む晃と同じタイプだ。

たまたまかもしれないが、受験を控えている三年生も男子生徒の中には純也に不安な気持ちを訴えにくる子もいるが、女子は比較的強気で責めているか、どうにかなるさと開き直っているタイプが多い。ここぞというときに本当に肝が据わっているのはやっぱり女性なのかと、十代の子を見ていても思うのだ。

そして、周囲を見渡してみたところ、老若男女を全部ひっくるめて一番女々《めめ》しいのは純也かもしれないが、今年に入って日本語教育のための勉強を始めた。

今までは日本人に英語を教えてきたが、発想の転換で外国人に日本語を教える仕事というのもおもしろいかもしれないと思うようになった。日本語は世界の言語の中でもかなり複雑な発展を遂げたもので、比較的習得が難しいとされている。敬語に関しては多くの外国人が頭を抱えると聞いている。

また、読み書きになると、アルファベット二十六文字で事足りる言語とは違い「漢字」とそれに組み合わされる「ひらがな」と「カタカナ」で、もはやカオスとしか表現できなくなるようだ。それでも、昨今は日本語を学びたいという人口が世界中で増えている。それなら、自分が手伝えることもあるような気がしたのだ。

そこで、とりあえず週に三回、放課後に日本語教師のための養成講座を受けはじめた。この講座の受講だけで資格を取るためには、四百二十時間分の単位が必要になる。なので、時期がきたら検定試験を受けるつもりだ。合格すればそれで資格が取れるので、日本にかぎらず世界中で日本語を教えることができる。

（まぁ、どこへ行く気もないけどね……）

今の職場は気に入っているし、日本での暮らしに不満があるわけでもない。ただ、自分の新しい可能性を探してみたいだけ。いつかその気になったら、ふらりと世界のどこかへ行ってそこで日本語を教えながら暮らすなんてことも悪くないかもしれない。

その日も学校帰りに日本語教育の講義を受けにいこうと駅のホームで電車を待っていると、また携帯電話の着信音が鳴る。見れば、晃からだ。相変わらず忙しくしているようで、年末年始には形ばかりの挨拶《あいさつ》のメールが入っていた。

そろそろ純也との関係にも諦めがついたのだろうかと思ったら、案外そうでもないようだ。『中国の経済危機について取材に入る予定。近いうちに戻る。会って相談したいことがある』

アジア担当なので中国関連のニュースを取り扱う機会が多いのはわかる。それにしても、中国は次から次へとよくネタが尽きないものだと思うくらい何かしら問題が起きている。だが、巨大な恐竜が暴れても倒れても、今の世界は大きな影響を受けるのが事実だった。

『成田に着いたら電話して。アユミさんによろしく』

もうそういう関係は断ち切ったつもりなので、人の入浴中にいきなりバスルームに乱入されては困るのだ。なので、先にメールを打って牽制《けんせい》しておく。それから、どうせ今回も北京《ペキン》語ができるアユミと組んでの取材だろうから、彼女へのメッセージもつけ加えておいた。

『アユミは今回参加していない。必ず電話するから、とにかく話を聞いてくれ』

数分後に戻ってきたメールを電車の中で見て、珍しいこともあるものだと思った。だが、そういつもいつも二人で組んで仕事をしているわけでもないのだろう。アユミはリポーターとしても人気があるらしいから、そういう仕事があるときは局としても、あまり長期の取材には出したくないのかもしれない。

それはともかく、必ず電話をするとはなかなか殊勝なことを言えるようになったものだ。あの男も少しはこれまでの己の態度について考えるところがあったということだろうか。

そう思って携帯電話をジャケットのポケットにしまってから、少し考えた。

(んん……っ?)

そして、学校帰りに講義を受けて自宅に戻る途中、純也はその足でマンションの近所の鍵屋に飛び込んだ。閉店間際の時間だったが、ストーカーに狙われているのでとその日のうちに出張サービスを頼み、部屋の鍵を新しいものにつけかえてもらった。これで今夜から安心して眠れる。ついでに、チェーンロックも帰宅するなりしっかりかけておいた。

晃を信用していないというよりも、これは己自身の保身のためだ。あの男がいつものように部屋にやってきて、当たり前の顔をしてこの体を抱き締めてきたら、拒む自信がない。なにしろ、十数年も慣らされた体だ。それも、晃しか知らない体なのだ。

（おまけに、俺ってまだあいつが好きなんだもんなぁ……）

悔しいけれど、それは事実で認めざるを得ない。あの男の身勝手さに呆《あき》れる以上に、自分のこの一途《いちず》さに呆れる。母親の言うように「優しすぎる」のではなくて、「恋愛に不器用すぎる」だけ。

最後となった去年のセックスからかれこれ三ヶ月以上経《た》っている。正直、心も寂しいが体だって寂しいのだ。三十三歳とはいっても、まだまだ枯れるには早すぎる。けれど、ここで抱かれてしまったら、自分の決意が台無しになる。

ちょっとした油断がまたこの先の十年を泥沼にしてしまうことになるのだ。ここは一つ、自分を引き締めていかなければならない。

「おいっ、開けろっ。なんで鍵が開かないっ。おーい、純也ーっ。いるんだろっ？　開けてくれーっ」

あと五分、風呂から出るのが遅ければ近所の人に警察へ通報されていただろう。玄関先でドアをドンドンと叩きながら、さっきから何度も純也の名前を呼んでいる晃は、案の定成田から電話などしてこなかった。

（おまえの考えていることくらい、ちゃんとお見通しなんだよ）

部屋着を身につけ、洗ったばかりの髪をバスタオルで拭《ふ》きながら、携帯電話を片手に発信ボタンを押す。自分の携帯電話からコール音が鳴るのとわずかなタイムラグがあって、外廊下で聞き覚えのある着信音が鳴っている。

「もしかして、成田から叫んでいるのか？　そのわりには声が近いな」

慌てて電話に出た晃に向かって訊《き》いてやる。

『い、いや、その、電話するのをうっかり忘れてさ。それより、いるなら開けてくれよぉ。俺の持ってる鍵がなんでか使えないんだよぉ。とにかく、寒いんだって。雪降りそうなんだけど……』

確かに、二月に入って立春は過ぎたとはいえ、暦の上の話と現実は違う。天気予報では夜半から雪がちらつくなどと言っていたような気もする。

「そりゃ、大変だ。風邪を引くといけないから俺も暖かくして行こう」

『行こうって、どこへ行くんだよ？　いいから、開けてくれって』

「駅前に深夜一時まで営業している居酒屋がある。前に一緒に行ったことがあるだろう。『鳥千《とりせん》』って店。そこに行って先に一杯やっていれば？　俺も髪を乾かしたら行くから」

『そりゃないだろう。なんでニューヨークからはるばるきて、いきなり居酒屋へ追っ払われなきゃならないんだ？』

「だったら訊くが、なんで別れた男を自分の部屋に招き入れて歓迎しなけりゃならないんだ。人間、親しい仲にも礼儀は必要だぞ。まして俺たちのようなグズグズの関係だった者同士には、けじめは何よりも大切だ」

『だから、そもそもそこから違うだろ。言っておくが、俺は別れたつもりはないぞ。元カレなんて認めないからなっ』

必要があれば恥じることなく認めるつもりだが、自分から世間に向かってゲイだと公表したりはしていない。まして近所の人とは挨拶程度のつき合いとはいえ、これまで穏便にやっている。それなのに、女性が入り浸るようなこともなく、ときおり男友達が訪ねてくる真面目そうな高校教師という印象を叩き潰《つぶ》しそうな勢いで晃が怒鳴る。

だが、ここで怯《ひる》んで「わかったから、ちょっと黙れ」などとドアを開けたら最後だ。警察と国税局とこの男は十センチ開いたドアを、どんな手を使ってでもこじ開ける。

「黙れ。痴話喧嘩《ちわげんか》を近所に聞かせるような露出趣味はない。いいから、居酒屋へ行ってろよ。そうでなけりゃ、今夜はこのままホテルへ直行しろ」

『純也～、俺、マジで風邪引くよ。いいのか？　熱出して死んじゃうかもよぉ』

怒鳴って駄目なら泣き落としというぃつもの作戦だが、これももはや長いつき合いで織り込み済みだ。

「手榴弾をわしづかみして投げ、爆風で吹っ飛ばされても骨折だけで生還するような奴が、風邪くらいじゃ死なないから。で、居酒屋、行くの？　行かないの？」

こんなやりとりをしているうちに、髪の毛もずいぶんと乾いてきた。

『俺、成田から直行してきて、スーツケース持ってんですけど……』

「玄関前に置いておきなよ。あとで俺が出かけるときに、玄関の中に入れて預かっておいてやるから」

何をどう言われても玄関ドアだけは開けない。弱い心がほだされそうになっても、絶対に死守だと自分に言い聞かす。純也の必死の防戦に対して、晃は真面目な声色《こわいろ》で訴えてくる。

『だから、大切な話を持ってきたんだって。居酒屋なんかじゃできない話だ。俺たちの人生と将来にかかわる大切な話なんだ。ほら、メールで言っただろう。指輪よりでっかいもんもって、もう一回プロポーズするってさ』

「プロポーズとか言うな。男同士で気持ち悪い。世間の人が聞いたら、ホモだと思うだろう」

わざと突き放したように、少々時代遅れ気味な表現を使って意地の悪いことを言ってやった。

『うわっ、何、その言い草っ。俺と別れてヘテロにでもなったのか？　へっ、なれっこないだろう。おまえは無理だね。おまえは筋金入りのホモだ。純正ホモの俺がそう言ってんだから間違いないねっ』

純也のどこまでも頑《かたく》なな態度に腹を立て、寒さの中でだんだんゴネ疲れてきたのか、ふて腐れたような口をきく。だが、こっちだってそんな言われ方をされる覚えはない。それにガキの喧嘩のような言い合いにも疲れてきた。

「おい、これ以上不毛な会話を続ける気なら、この電話を切って警察呼ぶけど……」

最後の脅し文句を言いかけたときだった。携帯電話で話している純也の家の電話のほうが鳴り出した。そのベルの音が聞こえたのかどうかは知らないが、携帯電話の向こうから晃の大きな溜息が聞こえてきた。

『わかった。とにかく、居酒屋に行って待ってるから、必ずきてくれよ』

そう言い残して晃の電話は切れた。ホッと一息つく間もなく、純也は慌てて家の電話のほうへ駆け寄った。着信表示を見れば「ヒツウチ」となっている。晃がニューヨークからかけてくるとき、この表示が出るのは知っている。だが、当の本人はたった今、スーツケースを置いて居酒屋へ向かった。

（だったら、誰だろう……？）

間違い電話か、何かの販促の電話だろうか。基本的に非通知の電話には出ないことにしているが、このときはなんとなく奇妙な予感がしたのだ。

晃は純也と別れたことは認めていない。だったら、ネイサンやアユミは晃が日本にきたら純也のところへ滞在していると今も疑っていないだろう。そんな彼らから晃に緊急の連絡があったとしたら、一応仕事のことは伝えてやらなければならないと思う。

（でも、それだったらまずは晃の携帯電話に連絡するよな……）

そう思ってから、その携帯電話でずっと自分と話していたことを思い出し、慌てて電話の受話器を取った。てっきり晃の仕事関係の連絡だと思い迷わず英語で出てしまったが、それは間違いではなかった。

『ハロー、ああ、ジュンヤですか？　よかった。アキラがそちらに行っていないかしら？携帯電話にかけても繋がらなくて……』

相手がアユミだとわかり、純也も英語で話す。

「すみません。俺がずっと話していたから。でも、もう切りましたから、今なら連絡がつきますよ。仕事のことで何か急ぎですか？」

べつにたずねる必要もないことをつい訊いてしまったのは、慌てて電話に出てしまった自分自身の照れ隠しのようなものだった。ところが、アユミはとても嬉しそうな声でプライベートの話だという。

純也から一方的に別れを告げられ、不本意ながら指輪を持ってニューヨークへ戻っていった晃だが、向こうではアユミに相談したりしたのだろうか。酒豪の晃につき合わされ、グダグダと愚痴を聞かされたのなら気の毒な話だが、彼女のプライベートは絶好調なのかやたらと声が明るい。

『もちろん、ジュンヤも喜んでくれると思うわ。わたしから先に言っちゃっていいかしら』

彼女のキャラクターにない可愛らしい笑い声を漏らしたかと思うと、わざと囁《ささや》くように言ったのだ。

『できたのよ。ついに成功したの。アキラとわたしのベイビーができるのよ』

一瞬、純也の頭の中が真っ白になった。今、何かとんでもない話を聞いたような気がする。

そして、三秒考えて晃の言葉をぼんやりと思い出す。

『指輪よりでっかいもんもって、もう一回プロポーズするってさ』

そう言っていた男が、女と子どもを作ったという。

『俺と別れてヘテロにでもなったのか？　へっ、なれっこないだろう。おまえは無理だね』

偉そうにふてぶてしい口調で言っていたが、晃のほうはちゃっかりヘテロになったとでもいうのだろうか。

『ジュンヤ、聞こえてる？　それでね、ベイビーの件で弁護士から連絡があって、どうしてもアキラのサインをもらわなければならない書類がいくつかあるそうなの。もちろん、ジュンヤの同意書も……』

弁護士だとか書類にサインだとか、正式な結婚話まで進んでいるということか。

（どうりで、今回はアユミが取材に同行していないはずだ。妊娠してるなら、産休ってことじゃないかっ）

純也の頭の中はもういろいろな考えが駆け巡っていて、受話器の向こうのアユミの声も聞こえない。そのまま受話器を下ろすと髪の毛が半乾きで、部屋着のままということも忘れ、玄関に行くとそこにあったスニーカーを突っかけた。

新しくした鍵を開け、チェーンロックも外し、勢いよくドアを開けたらガコンと鈍い音がして、そこに置いてあったスーツケースが横倒しになった。

「あの馬鹿っ、ドアのまん前に置く奴があるかっ」

だが、今はそれどころではない。重いスーツケースを片手で放り投げるようにして部屋の中に入れると、ドアを叩きつけるように閉めて晃のあとを追う。

エレベーターが一階に降りたままになっているから、晃はすでにマンションの外に出ているのだろう。五階までエレベーターが戻ってくるのを待っていられずに、純也はそばの階段を一気に駆け下りる。

マンションの一階のホールまできたが、すでに晃の姿は見当たらない。寒くて急いで居酒屋に向かっているのだろう。純也も迷わず外に飛び出すと、居酒屋のある駅前に向かって駆け出す。階段を一気に駆け下りてきたせいで、これ以上ないほど息が上がっているがそれでも足は止まらない。

幹線道路に出る手前の曲がり角を飛び出したところで、コートの襟を立て寒そうに両手をポケットに押し込みながらトボトボ歩く晃の後ろ姿を見つけた。

「晃ーっ」

思わず叫んだ。すると、行き交う車の音に紛れて純也の声が聞こえたのか、晃がハッとしたように振り返る。そして、純也の姿を見つけると、途端に満面の笑みになってこちらに向かって両手を広げて駆けてくる。

純也もまた脳裏の中でさっきのアユミの言葉を思い出しながら、晃に向かって駆けていく。その途中、知らず知らずのうちに自分の右手がしっかりと拳《こぶし》を握っていた。

「純也っ、会いたかったたっ」

晃の顔が目と鼻の先まで駆け寄ってきたときだった。純也はいつしか握っていた拳を彼の左頬に向かって思いっきり突き出していた。

ガキッという骨と骨のぶつかる音がして、それからじんわりと痛みがやってきた。

「な、なんで……？　愛してんのに、ひどい……っ」

まだ両手を広げたまま左頬がひしゃげた状態で、晃が情けない声で呟いた。

「自分の胸に聞いてみろよっ。この尻軽男がっ」

純也のほうは震える拳を振りながら、わななく声でそう吐き捨てる。

一見、男同士の殴り合いの喧嘩だが、口にしている言葉は完全に恋愛のもつれ。道行く人がぎょっとして足を止めるのも無理はない。だが、このときの純也は人目なんか気にしている余裕はなかった。

とにかく、憎たらしいやら苛立《いらだ》たしいやら、悔しいやら腹立たしいやら、そういう感情が何もかもごちゃ混ぜになっていて、痛みに耐えかねたように目の前のアスファルトに座り込む男に向かって「馬鹿っ」と叫ぶばかりだった。

◆◆

「痛い……っ。爆風に吹き飛ばされて、骨を折ったときより痛い……」

左頬に湿布薬を貼《は》って、その上からタオルを巻いた保冷剤を押し当てている晃が恨めしそうに呟いた。

「だから、悪かったって言ってるだろ」

謝りながらも、実はそれほど悪いと思っているわけではない。ただ、事情も聞かずに殴ったことは反省している。自分の右の拳にも湿布薬を貼って包帯でグルグル巻きにした状態で、とりあえずコーヒーを淹《い》れてきた純也がダイニングテーブルに座る。

結局、アユミの電話を聞いて晃を追いかけていき、一発殴ったあと二人して部屋に戻ってくることになった。鍵まで変えて、二度とここで晃と二人きりになるものかと誓っていたのに、あまりにも早い敗北だった。

だが、どうしても居酒屋ではできない話というのがある。晃の言うとおり、それは指輪どころの騒ぎではなくて、あまりにも重大であまりにも難しい問題だったから。

「それにしても、よかった。体外受精、これで二回目だったんだ。でも、二回で成功するのは運がいいほうなんだってよ。女性の体はデリケートで大変なんだな」

アユミが言っていたベイビーの話だ。父親は晃だそうだ。ただし、二人が結婚してセックスをして子どもを作ったわけではない。彼女は体外受精でベイビーを身ごもったというのだ。そのことをさっきの路上で人目も憚《はばか》らず説明されて、とりあえず部屋に戻ろうかということになった。

「で、いったいどういうことなのか、よく説明してもらおうじゃないか。おまえの説明に小指の爪《つめ》の先ほどの矛盾でもあれば、今度は左の拳で右の頬を殴ってやるからな」

純也はそう言うと、一応デモンストレーションとばかり華奢な腕を振り回してやった。晃は怯《おび》えてもいないくせに、「怖い、怖い」と両手を胸の前で横に振ってみせる。だが、さっきの一発で、純也が本気でやることはわかっているので、居住まいを正してからわざとらしくコホンと咳払《せきばら》いを一つして話しはじめる。

「アユミも長い間悩んでいたんだよ。子どもを作るべきか否か。でも、彼女も前回の俺と出かけた取材で死にかけてついに決心したというから、俺もかねてからの約束どおり協力した。もちろん、俺にも俺の考えがあってのことだ。だから、あれはアユミのベイビーであり俺の子どもでもあるんだ」

いくら体外受精でも、やっぱりアユミが母親で晃が父親というのが医学的な事実だ。

「だったら、普通に結婚すればいいだろう。なのに、いつまでも俺にプロポーズだの、諦めないだの、言っていることとやっていることが滅茶苦茶じゃないか。おまえって奴は身勝手でわがままで無鉄砲で、思い立ったらどこまでも暴走していくし、どうしようもないとかねがね思っていたが、今度という今度は心底愛想が尽きそうだ」

純也が痛む右手の拳を庇《かば》いながらそっと胸の前で腕を組むと、晃は眉をハの字に下げて苦笑を漏らす。

「えらい言われようだな。まぁ、おおむねそのとおりなんであえて反論はしないが、一つだけ言わせてもらうならアユミと俺は結婚できない」

「なんでさ？　いつからニューヨーク州では男女の結婚が法律違反になったんだ？」

「男女の結婚も同性婚も違法じゃないが、重婚は違法だ」

「え……っ？」

「アユミは結婚しているよ」

「ええ……っ？」

それは初耳だった。なんでそれをさっさと言わなかったんだと考えたが、そういうことを訊く機会もなかったような気もする。だが、せめて晃の母親にはそれを話しておけば、彼女に無駄な期待をさせなくてもよかっただろうに。

「おまえも、オフクロもだけど、あれだけの女が三十六までフリーでいると思うか？」

言われてみればそうかもしれない。世界中を飛び回るような仕事をしているからといって、独身だと勝手に思い込んでいたのは早計だった。北米で教育を受けて、向こうの文化にもある程度精通しているつもりが、いつの間にやらすっかり日本人の凝り固まったものの考え方に馴染《なじ》んでしまっていたようだ。そして、晃の母親もあとからそのことを聞かされて、がっくりと肩を落としていたらしい。

だが、それならそれで奇妙なことがある。

「なんでおまえと子どもを作らなけりゃならないんだよ？　旦那がいるなら……」

言いかけて、もしかしたらアユミの夫に問題があって子どもが作れないのだとしたら、晃の精子を使って体外受精というのも考えられる話だ。だが、それでもやっぱり奇妙に思うのは、顔見知りの晃に精子の提供を頼んだことだ。

子どもができない夫婦が第三者の力を借りて子どもを持つ場合、後々の親権や養育権のトラブルを避けるため、互いのことを知らないまま精子や母胎の提供を行うのが通常のケースだったと思う。身内でもないかぎり、顔見知りの他人にそれを依頼するというのは極めて珍しいのではないだろうか。

そのことを純也が言葉を選んで慎重にたずねると、晃は頬に保冷剤を押しつけていないほうの手でこちらに向かって指を差す。まさにそこが問題ですというポーズだ。

「アユミのパートナーも俺の精子を使うことに同意している。つまり、俺は彼女らに選ばれた男ってわけだ。いや、実際は精子が選ばれたんだけどさ」

「ちょっと待て。今、『パートナー』と言ったか？　それより、『彼女ら』と言ったな？」

そう言って晃の言葉を一旦遮って考える。いや、考えるまでもない。答えは一つだ。

「そういうこと。アユミはゲイで、パートナーとは十年以上のつき合いで、すでに婚姻届を出している。というわけで、どんなに愛し合っていても女同士では子どもはできない。俺とおまえがどんなにセックスしても子どもができないのと同じだ」

「アユミさんがゲイ……」

言われてみればそれらしいところはあったかもしれない。だが、日本の病院で会ったときは、晃の奇跡の生還と怪我のことで頭の中がパニック状態だったので、そういう細かいことまで気を配っている余裕がなかったのだ。

「だったら、なんで最初から彼女もゲイだって言わないんだよっ」

「言ったさ。言ったのに、おまえが勝手に耳を塞《ふさ》いでいたんじゃないのか？」

いつ言われたんだろうと記憶を辿《たど》ってみれば、去年の例の取材の前にアユミのことをあれこれ話しているときに、そんなことを言っていたようないなかったような……。

『局では俺の三年先輩にあたるが、けっこう気が合う。局内でも俺たちがつき合っていると誤解している連中もいるくらいだ』

なんてことを言っていたのは覚えている。だが、そのあとに晃が何かつけ足した気もする。

『ゲイだからないって言ってんだけどね』

確か、そんな言葉だった。

「ほらな、ちゃんと言ったじゃないか」

「いや、それはおまえがゲイだからって意味かと……」

「阿呆、おまえに説明するのに、なんでいまさら俺がゲイだと申告する必要がある。十年以上俺のムスコで楽しんでいい声で啼《な》いてきたくせに……」

事実かもしれないが、思わず「黙れっ」と手のひらを晃の顔に向けて止めた。

「じゃ、アユミさんはおまえの精子を使ってベイビーを生み、自分のパートナーと育てるってことか？」

「基本的にはそうだな」

「おまえはそれでいいのかよ？」

「べつに悪い話じゃないさ。ずっと無駄にしてきた俺の優秀な精子が、ついに役立つ日がきたんだ」

晃の精子が優秀なのかどうか知らないが、純也とセックスしているかぎり無駄にしてきたというのは事実だ。ただ、それを言うならこっちだって相手がおまえで無駄にしてきた精子は数かぎりないと言ってやりたかったが、それこそ不毛な会話になるのでやめておいた。

「それに、言っておくが、生まれてくるベイビーは彼女らだけの子どもじゃない。その子は俺たちの子どもでもある」

「どういうこと……？」

純也が聞き返したのは当然だ。晃の子どもであるのは医学的観点から間違いないが、「俺たち」と言われる意味がわからない。

「だから、指輪以上にでっかいもんを用意して、もう一度プロポーズするって言っただろうが」

「え……っ？　そ、それって、まさか……」

「そう。アユミの生んだベイビーは彼女らの子どもでもあるが、俺たちの子どもにもなるってこと。そういう契約で精子の提供をしたし、子どもについては四人の子どもとして育てることになる」

人生でポカンとする瞬間というのはこれまでも何度か経験したが、今回ばっかりは最大級の「ポカン」だった。

「ちょ、ちょっと待ってくれよ。俺たちのって……。いや、それより子どもって……ベイビーって……」

おぎゃぁと泣きながら生まれて、ヨチヨチ歩いていたかと思うと学校へ行きだして、反抗期とか迎えて性に目覚めて、やがていっぱしの口をきくようになり親の手から巣立っていく憎たらしくて可愛い存在のことだろうか。当たり前すぎることが、今ちょっとわからなくなりそうだった。

すると、晃が頬の保冷剤を外して、純也の前にきて床に膝をついた。片膝ではなく両膝をついた格好で、両手を伸ばして純也の左右の手をそれぞれ取った。

「なぁ、男同士では無理だと思っていたベイビーが十月十日《とつきとおか》後には生まれる。俺の子でおまえの子でもあるんだよ」

予定日は十一月の上旬なので、正確には八ヶ月後くらいかなと指を折りながら数えているが、問題は月日ではない。

「い、いや、おまえの子でアユミさんの子だけど、俺の子じゃないだろう」

「おまえの子だよ。俺がおまえを愛しているかぎり、生まれてくる子はおまえの子でもある。

一緒に育ててくれないか？　一緒に生まれてくるベイビーの父親になってくれよ」

「そ、そんなこと、急に言われても……」

人生最大の「ポカン」の次は、人生最大の「困惑」がやってきた。

「何度でも言うよ。何度でもプロポーズする。だって、俺にはおまえしかいないんだ。この先の人生を一緒に生きていきたいと思えるのは、誓っておまえしかいない。頼むから俺を見捨てないでくれよ」

晃は純也の手を握り締め、そこに傷ついた頬を押しつけながら懇願の言葉を口にする。

「本気で言ってるのか？」

「あのな、俺のこの哀れな姿を見て、本気で言っているのかと本気でたずねてるのかって、こっちが聞きたいくらいだ」

こんなときにも屁理屈をこねることを忘れない。

「そうは言うけど、俺は本当におまえの人生に必要なのか？」

「何をいまさら……」

「いや、いまさらって、俺は本気でわからないんだよ。なんでおまえが俺といるのかがさ。単に気が合って気楽で都合がいい存在だっていうなら、結婚はないだろ。俺はそういう理由で結婚したくない。男同士なんだから、それでいいじゃないかって思う人もいるかもしれないけど、俺はもっとその……」

この先を口にすると、ひどく女々しくて恥ずかしいのだが、要するに純也の本音はそこにあるのだ。

「それがわからないから、俺のプロポーズを受けてくれなかったのか？」

「まぁ、それもあるけど……」

「えっ、じゃ、他にもなんかあるのか？」

ここにきて晃は自分のプロポーズに対して純也の口から「イエス」をもぎ取るのに、思いのほかハードルが高いことに気づいたようだ。純也の手を握ったままそれを何度か力を込めて上下に揺さぶると、まるで自分自身に気合を入れるように「フン」と一つ鼻を鳴らした。

「よし、わかった。こうなったらおまえの不安と不満にすべて答えるから、なんでも聞いてくれ。そして、文句があるなら言ってくれ」

そう身構えられると、純也としても話しづらいものがある。ただ、一度は別れたつもりだったが、あれから自分が何を考えて日々を過ごしてきたかを思えば、つまるところ晃のことしかなかったのだ。

十八で出会って、十九で体を重ねるようになって、それ以来ずっと自分の人生には晃の存在があった。東京と北米で離れ離れになっても、晃が自分のところへ戻ってくるのが当たり前だった。取材をかねて近いうちに帰国するというメールが入れば、ついいつもより多めに食材を買ってしまい、しかも、全部晃の好物ばかりだった。帰宅してすぐにチェーンロックをしない癖も、いつ晃がスーツケースを引きずってやってくるかわからないから。

それればかりか、彼が取材に出かけるたびに、通勤前に近所の神社に寄って手を合わせていた。彼に持たせようと思って買ったお守りはいったいいくつになるだろう。渡そうと思いながら、いつも渡すタイミングを逸したまま彼がすっ飛んでいってしまうので、いつしかお守りを渡さないことが無事に帰ってくるジンクスのようになってしまっていたくらいだ。

「去年の秋にさ、ふと思ったんだよ。もう三十三だなぁって」

純也はここに至った自分の気持ちを思い出しながら、ポツリポツリと語り出した。

「ああ、俺も同じことを思ってたけど……」

「でも、おまえは取材のことで頭がいっぱいだったんだろ？　俺は自分の人生のことで頭がいっぱいだった。この先、どうやって生きていけばいいんだろうなってさ。晃はふらりとやってきて俺はそれを迎え入れて、二人でいればなんとなく満足しているけれど、このまま歳を重ねていったらどうなるんだろうって考えていたんだ」

純也はそこまで言うと、そばにあるダイニングテーブルに腰を下ろした。晃はまだ手を離そうとはせず、膝で歩きながら座った純也の前で相変わらず膝立ちだ。

「今これを言うと後出しジャンケンみたいになるが、俺だってあの取材の前からそろそろ今のままではいられないかなって思っていた。実際、アユミと彼女のパートナーから子どもを作ることになったら協力してくれるかって話もきていたし、俺もいろいろ考えることはあったんだ」

　本当に後出しもいいところだが、アユミの妊娠を知った今ではそれが嘘ではないことはわかる。

「じゃ、おまえはどうしようと思っていたんだよ？」

「だから、プロポーズした。取材に出る前から無事に帰ってきたら、今度こそ純也にプロポーズしようと決めていたから。ただし、断られることは想定外だった」

　帰国したら話があると聞いて、最初は別れ話だと思ったのだ。だが、晃の怪我やアユミの存在や晃の母親の言葉などあまりにもいろいろなことがありすぎて、純也自身もあれこれ考えすぎて、いろいろなことがグルッと一周回って結局自分から別れようと決めた。そうしたら晃からプロポーズされてしまい、冷静さを通り越して脳が思考を放棄しているような状態になって、むしろ笑顔で「ノー」と言ってしまった。

　あのときの気持ちを言葉で説明するのはものすごく難しい。でも、言葉にしなければどんなことも伝わらない。自分がその責任を果たさなければ、晃に言葉足らずを責める権利などないのだから。

「俺は寂しかったんだと思う。自分に自信がなくて不安だったし、晃みたいに強い人間に対してはいつだってコンプレックスを抱いていたし、今にニューヨークでいい相手が見つかれば別れようって言われるんだろうなって怯えながら暮らしてたんだ」

「何言ってんだっ。そんなわけ……」

純也の言葉を聞いて晃が慌てて何か言おうとしたので、小さく首を横に振り視線で黙って聞いてほしいと合図をする。それを見て晃は口を閉じて、じっとこちらを見上げていた。

「晃はずっと俺の憧れの存在だったよ。言いたいことをズバズバ言えて、やろうと思ったことはなんでも迷わずやる。口先だけの奴なんていっぱいいるけど、おまえは違う。いつだって口で言った以上に努力するし、どんなときもぶれないし強い。実際、世界の報道の最先端で活躍している晃を見ていると、自分のいる場所がなんてちっぽけなんだろうって思うこともあった」

もちろん、学校の教師という職業は今でも天職だと思っているし、若い子たちが新しい知識を得て目を輝かせる姿を見ているときほど嬉しくやりがいを感じるときはない。それは間違いないのだが、晃の友人として、自分という人間はあまりにも平凡で退屈なんじゃないかという気持ちは常に心にあったのだ。

「こんな俺が、たまたま大学時代からの友人だからって、ずっとおまえと一緒にいるほうがおかしいんじゃないかって思うようになって、そのうちどうしてなんだろうって考えるようになった。それで、きっと俺といるといろいろ都合がいいのかなって思ったんだ。帰国のたびに実家で親に甘える歳でもないし、俺なら気心も知れているし、体のほうの相性もそう悪くないみたいだし……」

このあたりは自分で言っていてかなり情けない。晃も何か言いたいのだろうが、懸命にこらえているのがわかる。

「俺さ、晃が好きなんだよ。大学で初めて会ったときからずっと。好きで好きで、この十数年間その気持ちは全然変わることも減ることもなくて、それどころか歳を重ねるほどに離れたくない、ずっと一緒にいたいって思うようになっていた」

「純也……」

「晃が適当に遊んでいたことも知っているし、そういうのは見て見ぬふりをしながら、自分も気の合った誰かとそういうことくらいあったふりまでしてたけど……」

「えっ、ちょ、ちょっと待て。俺の浮気のことはともかく、っていうか、おまえの『ふり』ってなんだよ？」

さすがに我慢できなくなったのか晃が口を挟んできたので、純也はもう隠しておくのも面倒になってこれまで一度も話さずにいたことも口にしてしまった。

「わかってるよ、自分が変だってことくらいね。男同士でも男女の恋愛でも、人生を通してこの歳までたった一人の相手としかセックスしたことがなくて、その人にここまで心が縛られているなんて、正直自分でも不器用を通り越して、厄介な人間だって思ってるよ」

これは、純粋だとか潔癖だとか律儀なんて話じゃない。少女漫画の世界を夢見ている乙女ならいざ知らず、三十三の大人が言うには相当抵抗のある話なのだ。少なくとも、純也が北米と日本のどちらの友人とも恋愛について語った中で、初恋の相手と初めてセックスして、そのまま結婚したなんて人間はいない。

初恋の相手と初めてセックスするのはいいだろう。よしんば、十数年後にその人と結婚したとしても、それはそれでロマンチックな話かもしれない。だが、十代で出会ったその人以外の誰ともつき合ったことがないというのはかなり問題だと思う。セックスどころかデートもしたこともないなんて、あまりにも世界が狭すぎて人として偏っているんじゃないかと疑われても仕方がない。

日本の戦前とかアメリカの開拓時代の農村じゃあるまいし、これだけの広い世界の中で多種多様な主義主張や価値観を持つ大勢の人とかかわりながら生きていて、その中で初恋の人以外の誰にも心を許さず、その人以外眼中になく誰とも比較することもないまま、ただその人が自分の「ナンバー・ワン」で「オンリー・ワン」と決めつけるなんて、現実の社会の中ではかなりバランス感覚に欠けた奇妙なことだ。

もちろん、どこまでも肯定的に受けとめようとするならば、それは奇跡のようにとても稀《け》有《う》な恋愛とでも言えばいいのかもしれない。だが、これは北米で教育を受けていなくても、ゲイであってもなくても、純也にとっては不自然な恋愛なのだ。そして、それは晃にとってもそうだと思う。

「でも、俺、本当に晃だけだったんだ。だから、晃がいなくなったらって思ったら怖かった。

新しい誰かができて捨てられるのも、取材先のどこかで死なれるのも、どっちも俺には耐え難い。だったら、もう別れるしかないって思ったんだよ」

それまでずっと純也の前で膝立ちのまま手を握りながら話を聞いていた晃だが、立ち上がったかと思うと今度は自分の頭を抱えている。面倒くさい話を聞かされてしまったと思っているのだろう。

「オー・マイ・ガッ」

神を信じていない男が叫んだ。それもそうだ。これは聞かされたほうがしんどい話だ。

「なんてこった。もちろん愛されていると疑っていなかったからプロポーズしたんだけど、まさか俺が純也の最初の男で、おまけにたった一人の男だったなんて……」

重すぎて申し訳ないが、それでも全部を話してしまわなければならないと思ったからそうした。ところが、晃が自分の額《ひたい》を拳でコツコツと叩きながら純也の前を歩き回り呟く。

「それが本当なら、俺はなんて幸運な男なんだ」

「いや、むしろ不運な男じゃないの？　俺なんかにかまけて十数年。適当に遊んではいたかもしれないけど、結婚だって本当は半分責任を感じてのことじゃないのか？」

自分の一番恥ずかしいことを打ち明けてしまったら、なんだか肩の力が抜けてしまった。だが、晃は何を思ったか、歩き回っていた足を止めこちらを振り向くと、左頬の腫《は》れた痛々しい顔をぐっと近づけてきて、椅子に座っている純也の両肩に手を置いた。

「不幸なわけがないだろっ。自分の好きな相手にそこまで思われるなんて、まるで現代に起こった奇跡のような話じゃないか。おまけに、ゲイなのに浮気もなしだなんて、俺はまさに唯一の宝物を手にした男だ」

ゲイなのに浮気というくだりは語弊があると思うが、確かに男女の仲よりも緩い部分はある。ＨＩＶの問題もあるから手当たり次第にセックスするような者は減ったが、それでも安全な遊びなら認め合っているパートナーも少なくないし、パーティーなんかで羽目を外す連中もいる。

もちろん、熟年のゲイカップルでそんな遊びは卒業だという人たちもいるし、あくまでも互いのパートナー一筋という人もいるが、そういう人たちでさえ他のカップルのセックスライフについてとやかく言うような野暮はしないものだ。

それはともかく、晃に喜ばれても純也としてはあまり嬉しくない。

「っていうか、俺はおまえの宝物ではないし、まだ手にされた覚えもないけどね……」

「いや、だって、おまえは俺が好きなんだろ？　だったら、何も問題はないじゃないか」

「そっちはどうなのさ？　適当に浮気しながら、責任感から俺の面倒もみようっていうなら遠慮しておくよ。晃から見れば頼りなげに見えるかもしれないけど、これでも一人で生きていく覚悟はできているし。もしかしたら、将来晃以上に好きになれる人と出会えるかもしれないし……」

純也の言葉の途中で、すぐそばにあった晃の顔がさらに近づいてきたかと思ったらいきなり頭突《ずつ》きを一発喰らわされた。

「痛いっ。何すんだよっ」

思わず怒鳴ったら、もう一回頭突きをしようとするので素早く身を横にずらした。すると、晃はピタリと頭を止めてムッとした表情で言う。

「あのな、おまえは俺が取材先から負傷して帰ってきたとき、『馬鹿か馬鹿か』と何度も繰り返してなじってくれたが、はっきり言わせてもらうならおまえも相当馬鹿だぞ」

失礼なとばかり睨《にら》みつけたら、晃が言葉をつけ加える。

「ただし、馬鹿の種類が違うがな」

そして、体を起こして純也の前で腕を組みながら仁王立ちになる。

「いいか、俺はボランティアでゲイをやってんじゃないんだ。責任感だけでプロポーズなんかするかよ。好きだからに決まってるだろ。愛してんだよ。他の誰でもなくて、おまえがいいからこの先の人生も一緒に生きたいって思って決めたんだよ。なんでそんな単純なことが理解できない。人にものを教えているこの頭の中にはいったい何が詰まっているんだ？」

「俺でなくちゃならない理由がわからないだけだ。これまでつき合った連中の中には、もっと気の合う相手もいたんじゃないのか？　体のいい男もいたと思うし……」

純也が真面目に訊くと、晃がちょっと困ったような顔になって自分の頭をかいている。

「まぁ、おまえの言うとおり、適当には遊んではいたよ。離れているときはやっぱり寂しいし、人恋しかったり、その……」

下半身の我慢がきかなかったということだろう。それは同じ男として理解できる。ただ、純也の場合はそういうことが器用にできるタイプではなかったので、自分の右手にお世話になっていただけだ。

「でも、誓って言うが、俺はおまえ以外につき合った相手はいない。一晩の遊びもあったし、体の相性がよくて気が向いたら遊ぶ相手もいた。でも、いつだって俺が考えているのはおまえのことだったよ。おまえがそばにいてくれたらと願う気持ちが募るばかりだった……」

「晃……」

「おまえは俺が好きだと言ってくれた。会ったときから十数年、ずっと変わらず好きだって。誓って言うが、俺だって同じだよ。俺だって変わらずずっと好きなんだよ」

本当に同じだろうか。どんなに晃が「好き」と繰り返してくれても、こんな自分が本当に晃に相応しいとは信じきれない。

「俺が日本のテレビ局を辞めて北米の大学に入り直したとき、迷いがなかったと思うか？やっと向こうの大学を卒業して帰国するつもりが、たまたま知り合いがいたケーブルテレビの報道に誘われて、ただただ大喜びで入ったと思うか？」

それはもちろん不安も迷いもあったと思う。普通ならせっかく日本の名の通ったテレビ局の報道にいて、勉強をし直す覚悟はなかなかつけられないだろう。あのときは、両親にもあと三年は今の職場で頑張ってみろと言われたと苦笑いをしていた。

アメリカの局に就職したときも、親には泣かれたと言っていた。少しばかり大げさに言っていたのだろうが、実際晃の両親は向こうでの生活の経験がある人たちだから、北米のテレビ局で報道を担当する厳しさについて、ある程度想像はできたのだろう。

「人に弱味を見せたくない、人前で弱音を吐きたくない。そんな見栄張りで意地っぱりな自分がいて、いつだって不安で怖くて、しくじったときの自分を想像して叫びたくもなるけど、それでもやっぱり前に進みたいって思うんだ。それで、そんなときにはきまっておまえが言ってくれる。『大丈夫だ、晃ならやれるよ。俺はちゃんと見てるし、応援してるから』ってな。おまえのそんな言葉に俺は何度も救われてきた」

「えっ、いや、それは俺には絶対にできないようなことをするから、すごいなって思って応援したくなるっていうか……」

純也が言うと、晃がこちらを見て本当に嬉しそうに笑った。

「それこそ生き馬の目を抜くような厳しい業界で挫《くじ》けそうになったり、取材に失敗して上司に怒鳴られたり、役立たず呼ばわりされたりもしょっちゅうだ。メールチェックでもしてろとか言われた日なんか、もうすぐにでも空港にすっ飛んでいっておまえのいる東京に戻りたいって思ったもんさ」

「嘘だろ……」

「嘘じゃない。仕事でしくじったときも、人間関係がきついときも、風邪で寝込んだときでも、いつも純也のことを考えてきた。会いたい、会いたいって呪文《じゅもん》のように唱えて、いつかその夢を叶えようって思ってきた」

「でも、そんなこと、これまで一言も言わなかったじゃないか……」

「うん、ごめん。見栄張りで意地っぱりなんだよ、俺は。それに、言わなくても伝わってるかなって、勝手に思い込んでいた」

「そんなわけ……っ」

あるかと怒鳴りかけたら、晃が手のひらを差し出して純也を黙らせ深々と頭を下げる。

「本当に悪かった。この件ではアユミに愚痴を聞いてもらおうとしたら、反対にボロカスに怒られた。どうせ絶対に断られないお膳立《ぜんだ》てをして、自信満々にプロポーズしようとか考えていたんだろうって。そういう独りよがりな完璧主義と自己満足でしかない見栄張りを直さないと、今に心底愛想を尽かされて二度と会ってもらえなくなるわよってさ」

仕事柄弁が立つのは当然としても、アユミの言葉はまるで切れ味の鋭い外科用メスのようだ。言われた晃はきっとズタボロの血塗《ちまみ》れになって床に崩れ落ちたのだろう。

「見栄張りも意地っぱりも知ってたけどさ、お膳立て？　完璧なプロポーズ？　何、それ？　そんなこと考えてたわけ？」

例の危険な取材に行く前にも、二人きりの時間はあったのに何も言わずにいたのは、てっきり万一のことがあったときのことを考え慎重になっていたからだと思っていた。だが、どうやらそればかりでもなかったらしい。

「まぁ、なんというか、クリスマスプレゼントはクリスマスの朝まで内緒にしておいたほうが感動が大きいというか……」

「だから、帰国後までプロポーズを引き延ばしておいて、俺を驚かせようって思ったということ？」

「そのつもりが、怪我やら入院やらでタイミングを逸してしまうし、いざ指輪を持ってきてみたらあっさり断られて目の前が真っ暗になった。正直、あのときほどニューヨークに戻るのが辛いことはなかった。もう、ハドソン川に身を投げようかと……」

それは嘘だろう。どんなに辛くても、自殺なんか晃の人生の選択の中に存在すらしていないはずだ。純也がちょっとしらけた目で見てやると、慌てて咳払いをしてごまかしながら言葉を続ける。

「でも、本当に純也がいない人生なんて考えられないんだ。頼むから俺を見捨てないでくれよ。俺さ、あの取材から戻ったら結婚を申し込むつもりだったけど、あんな目に遭って生きて帰ってきて心から早くおまえと一緒になりたいって思ったんだ」

「そんな怖いこと言うなよ。いつ死ぬかわかんないみたいなこと……」

「いや、大丈夫。結婚したかぎりは、取材で死んだりしないって誓うからさ」

「本当に？　緊急連絡先を俺にしていたくせに。もし、万一の連絡なんかもらったら、俺の心臓も止まるじゃないか」

「だって、俺にとっては親よりもおまえのほうが近い存在なんだ。俺に何かあったときは、一番におまえに知ってほしい。俺だっておまえに何かあったときは一番に知りたいって思うから」

誰よりも大切な人だからこそ、一番にその人の身に起きたことを知りたい。確かにそういう考え方もある。これまで晃を失うことを怯えるあまり、現実から逃げることばかり考えていた。でも、それは自分が愛されている自信がなかったからだ。晃が本当にそれを望んでくれるなら、自分も彼に起こったどんな辛い現実でも一緒に受けとめられる気がした。

「アユミのことだけど、彼女も今回の取材で危うく死にかけて子どもを作ることを決心したんだ」

「アユミさんも？」

彼女はパートナーとの間で、子どもを持つかどうかでずいぶんと話し合いを続けていたそうだ。結論としては子どもはほしいが、そのタイミングが問題だった。

「アユミのパートナーはミランダというんだが、彼女より五つ年上の内科医だ」

ケーブルテレビの報道局勤めと医者というカップルはどちらも忙しくて、なかなか子どもを持つという決心がつかなかったらしい。ただ、子どもを作るなら少しでも年齢が若いアユミを母胎としたほうがいい。だが、アユミも積み重ねてきたキャリアがあって、妊娠と出産で職場を離れることに抵抗があった。

だったら、養子をもらうという選択も考えたそうだが、すべてはアユミの決断にゆだねられていたという。

「そんな彼女もこの間の取材で俺と一緒に死にかけて、考えが固まったらしい。生きているうちに、そして健康な体があるうちに、自分の血と肉を分けた子どもがほしい。その子をミランダと一緒に育てて母親になりたいってね」

体外受精に関しては前々から調べていて、その際には晃の精子を使いたいというのは一年前に相談を受けていたそうだ。

「本当に俺でいいのかって何度も確認したんだけど、アユミ以上にミランダが強く希望していると聞いてそれなら問題ないと判断した。ただ、去年の暮れに一回目の施術を行うにあたって俺も一つ条件を出した。それを快く呑んでくれたから、今回の彼女の妊娠については心から神様に感謝したよ」

普段は信じてもいない神に感謝したというのだから、よっぽど嬉しかったのだろう。で、その条件というのは何かたずねたら、晃はここぞとばかりにあのとき純也が投げて返した指輪の小箱をジャケットのポケットから取り出してきた。

その箱の蓋を開けながら晃が言う。

「アユミの生んだ子は彼女らが育てることになるだろう。ただ、俺が医学的な父親であることはきちんと教えて、俺と純也はその子のゴッドファーザーになる。弁護士に頼んで、正式な書類も作る。生まれてくる子は、彼女らと俺たち四人の子どもということだ」

日本にはないが、北米には「ゴッドペアレント」という制度がある。単なる「名づけ親」という場合もあるが、晃の言っている意味は「後見人」のほうだ。もし子どもの両親に万一のことがあれば、彼らに代わって子どもを養育しサポートし続けるという制度だ。

「プロポーズとともにお願いしたいんだ。俺と一緒に生まれてくる子の父親になってくれよ。一緒にその子の成長を見守って、俺たちも幸せになろう」

そう言うと、晃は小箱から指輪を一つ取り出して純也の目の前に差し出す。

「頼むから受け取ってくれないか？　今度断られたら、俺は本当に隅田川に身投げするぞ」

頼んでいるのか脅しているのかどっちなんだと言いたい。でも、晃の目は真剣で、純也と二人の未来を見つめているのがわかった。

「なんでハドソン川じゃないいんだ？」

「今度断られたら、ニューヨークまで帰る気力もないから」

なかなか心に響く哀れな言葉に純也はちょっと考えてから、ゆっくりと自分の左手を出した。後悔していないはずの別れが、本当は後悔だらけだったことを自分は知っている。やっ

ぱり、晃のそばでこの破天荒な男の生き方を見ていたい。そして、自分自身も一緒にドキドキしながら生きていきたい。

「指輪、もらっておくことにする……」

気恥ずかしさのせいで、妙につっけんどんな言い方になってしまった。顔が馬鹿みたいに熱くて、多分真っ赤になっているのだろう。でも、晃のほうもよく見れば柄にもなく耳まで赤くして、ヘラヘラと笑っていた。

「よかった。寒空の下での入水自殺はきつそうだからな。風邪引いても困るし」

照れくささをごまかすように馬鹿なことを言いながら、指輪を純也の薬指にはめてくれる。

「俺だって、隅田川に上がった風邪っぴきの水死体を引き取りにいくのはごめんだからな」

そんな純也の精一杯の憎まれ口に返ってきたのは、晃の深くて甘い口づけだった。

◆◆

純也の左手の薬指にプラチナの指輪が光っているように、晃の同じ指にもペアのリングが光っている。はめてやったのは純也で、空になった小箱を放り投げて晃は抱きついてきた。

抱きついたついでに抱き上げて、純也はそのまま寝室まで引っ張り込まれた。

一度は別れたつもりだったので、久しぶりのセックスは燃えた。お互い十代かというほどがっついて、どんなに貪っても足りないような気がした。

二度ずつ果てて一緒に風呂に入って、もう一度ベッドに戻ると横になってしみじみと自分の指を眺めてみた。

「おやおや、いい指輪をしてますなぁ〜」

キッチンで水を飲んできた晃がベッドに戻ってきて、純也の隣に潜り込んでくるとそんな言葉を口にする。ときどき、こういう親父くさい口調でわざとらしい冗談を言う。たいていが遠回しに褒めてほしいと訴えているときだ。

「そういうそちらこそ、いい指輪をしてますなぁ〜」

晃の口調を真似て言ってやると、こちらを見てニヤリと笑う。

「そりゃ、もちろん。何しろパートナーのイニシャル入りですから」

「そりゃ、偶然だ。こっちもそうなんですよ」

そんな茶番劇をしながら、二人とも笑みが止められない。そして、また幸せを噛み締めるように互いの体に手を伸ばす。

プロポーズを受けてこれからの約束をしたからといっても、晃はまた明日から取材のために上海《シャンハイ》に飛んでしまう。今度は前回のような危険はないと思うが、それでも反日感情がいつ爆発するともかぎらない国だし、それ以前にも食に関して心配なところもある。まさか何も食べるな、水も飲むなとは言えないし、そんな細かいことを気にしていては仕事にならないだろう。

できるだけ早く取材を終えて帰国してくれることを祈るばかりだが、今夜はまだ二人とも眠りたくはない。明日の朝がどんなに早くても、二人にとって記念すべき夜なのだ。

「今年で三十四になるのか。出会ってから十六年だ」

晃が指輪をした指を折って数えながら呟く。

「いろいろあったなぁ」

純也はコロンと晃のほうへ寝返りを打って言う。本当にいろいろなことがあった十六年だった。毎日のように会っていたときもあれば、何ヶ月も離れ離れになっていたときもある。頻繁にメールやスカイプをしていたときもあれば、まるで存在を忘れたようにそれぞれの仕事にかまけていたときもあった。

それでも、晃が帰国して顔を合わせれば、まるで時間のブランクなどなかったように会話ができた。そして、当たり前のように求め合って、抱き合えばすぐに互いの熱を思い出す。

「純也ってさ、最初は触られるのをくすぐったがるくせに、一度いったら途端に感じやすくなるよな。どこでも触り放題になるし、どこ触ってもいい声で喘《あえ》ぐしな」

「生々しいこと口にすんな。言っておくけど、十数年かけておまえが俺をそういうふうにしたんだからな」

照れたように言い訳をしたが、かえって恥ずかしいことを自ら告白したようなものだった。

すると、晃は純也の二の腕やわき腹を撫《な》でながら、急にニヤニヤとしてたずねる。

「なぁ、俺が初めてって本当か？」

「もしかして、疑ってるわけ？」

一生言うまいと思っていた事実を話してしまったのは仕方がないとしても、純也としてはそこのところはあまり触れてほしくない。これでもなけなしの男としてのプライドがあるのだ。だが、晃のほうはなんだか妙に嬉しそうだ。

「いや、あのときは俺も夢中だったからあまり気にしてなかったけど、考えてみたらぎこちなかったような気もするなぁと思ってさ。そういう演技でもしていたんだとしたら、それはそれで可愛い気もしたしさ」

「俺がそういう演技のできるタイプだとでも？」

本気で思っているなら、この男は純也のことを何もわかっていないことになる。だが、さすがの晃もそこまで独りよがりな考えで納得したわけではなかったようだ。

「どっちにしてもあまり慣れてないってだけで充分だった。初恋の相手ってのはどんなあばずれでも天使に見えるもんだが、本当に天使だったってことだ。俺って奴は自分で言うのもなんだが、いよいよ幸運で強運だな」

そう言いながら、純也の唇に自分の唇を重ねてこようとしたので、ちょっと待てとその唇を手のひらで押し返した。

「おい、今なんて言った？」

「だから、おまえは俺の天使だって……」

「そんな寝惚《ねぼ》けた話はどうでもいい」

「寝惚けたって言うな。ロマンチックって言え」

本当にそんなことはどうでもいいのだ。

「それより、その前になんて言った？　あばずれが云々《うんぬん》の前だ」

一瞬、自分でなんて言ったか思い出すように首を傾げている。だが、待っている純也のほうがまどろっこしくなって先に訊く。

「おまえ、『初恋の相手』って言わなかったか？　それだと俺がおまえの初恋の相手みたいに……」

聞こえるじゃないかと言いかけたら、晃のほうがあっさりと認める。

「そうだよ。おまえは俺が初恋だって言うけど、俺だっておまえが初恋だ」

その一言を聞いて喜ぶ前に、晃の前髪を片手でわしづかみした。痛い、痛いと暴れるのでさらに強く握って訊く。

「嘘を言うな。ハイスクールの頃からクラスの男といちゃついていただろうがっ」

それを母親に見られて、ゲイだとばれたというのは間違いない話だ。何しろ、晃の母親も同じことをこぼしていたからだ。

「しょうがないだろう。やりたい盛りのうえ好奇心の塊みたいな頃だ。相手なんか誰でもよかったんだよ。ゲイってだけで、じゃちょっと一緒に遊ぶかってなもんだ。同じソフトを持っているなら、一緒にビデオゲームするかってのと変わらない」

純也はもともと内向的だったし、北米のハイスクール時代も自分がゲイであることはカミングアウトしていなかったから、晃のように身近な誰かと遊ぶという発想すらなかった。でも、十五、六歳の頃といえば、誰だってそんなことで頭がいっぱいで、本当に好きかどうかなんて二の次というのもありがちな話だ。

「それに、前に言っただろ。本当は北米の大学へ入り直そうと思っていたけど、おまえに会って気が変わったって。いいもん見つけたって感じで、俺の好みにストライクど真ん中だったって。だから、俺にとってもおまえが初恋だ。体は関係ない。心の問題だから」

なるほど、そういう理屈も成り立つなと思った途端、晃の前髪をパッと離してやって言う。

「おまえ、変わり者だな。初恋の相手と十数年つき合い続けて、あげくにプロポーズするなんてさ」

自分のことを棚に上げて言ってやると、晃が噴き出していた。

「そうかもな。まぁ、お互いさまだ」

そして、晃の腕の中でこの身をまかせる。慣れた愛撫《あいぶ》は簡単に純也の体に火をつける。どこを触られても、好きな男の手は気持ちよくてうっとりとしてしまう。

今思えば、初めてのときは本当に必死だった。晃がそこそこ経験があることはすぐにわかったから、自分だけが初めてだと思われたくなかったのだ。それでも、股間《こかん》に晃が顔を埋《うず》めてきたときは、ひっくり返ったような悲鳴を上げてしまった。

晃はそれがおもしろかったみたいでもっと声を出せと言ったが、あのときの恥ずかしさがトラウマになっていて、セックスのときはとにかく声を押し殺してしまうようになった。すると、あのときみたいな声を上げさせようと晃はよけいに必死になって、結局最後には純也が負ける。何度繰り返しても負けるので、そのうち反撃に出ることを覚えた。

自分がされて気持ちいいことは、相手も気持ちがいいに違いない。だったら、されるばかりじゃなくて、自分がすればいい。実際、晃のものを口に含んでみたら、彼の低く淫《みだ》らな声が耳に届き、口腔《こうこう》に広がる雄の味に純也のほうが興奮した。だから、晃のものを口でするのはけっこう好きだった。

どんなに抱かれていてもやっぱり男だから、誰かをこの手で組み伏したい欲求もあれば、さらにはその人を包み込んでやりたい気持ちもあるのだ。そんな欲望を満たしたいときは、自ら恥ずかしい言葉を口にしてみるのもいっそ楽しい。

「ほら、横になってなよ。おまえの好きなこのいやらしい舌で、うんと気持ちよくしてやるから」

さっきまで久しぶりのセックスでがっつく晃のやりたい放題にまかせて抱かれていたから、今後は自分ががっつかせてもらう番だった。

「いやいや、俺だけしてもらうのは悪いから、おまえも一緒に気持ちよくなれよ」

晃がニヤニヤ笑って言う。こういうちょっと悪い顔をしてみせるときは、純也以上にいやらしいことを考えているときだ。

「ほら、反対向いて跨《また》がれ」

どうしてか知らないが、晃はこのスタイルが好きらしい。いまさらとはいえ羞恥心《しゅうちしん》が煽《あお》られるから純也のほうは苦手だけれど、拒否したところで他のもっと恥ずかしいことを言い出すにきまっているから、結局のところ言われたとおりにしてしまう。

横になった晃の顔を跨ぐ格好で、自分は彼の股間に顔を埋める。さっき二度果てたけれど、晃のものはもう半分硬くなっている。それをそっと口に含んで舌と唇で愛撫してやると、どんどんと膨らんできてやがて口腔に収めているのが苦しくなってくる。

同じ男として悔しいけれど、晃のものはりっぱだと思う。そして、それを独り占めしているのかと思うと、自分という男は幸運だと思うのだ。ただし、そんなことを言葉にしたら、きっと果てしなく調子にのって手をつけられなくなるのはわかっているから言わないでおく。

純也の口淫《こういん》を受けながら、晃の口と両手も純也の股間にいつも以上に丹念な愛撫をくれる。

潤滑剤で濡らした指を後ろに押し込んではぎりぎりまで抜いて、入り口のあたりをくすぐるように刺激する。その間にも唇と舌で前を舐《な》めたり吸ったりするので、たまらず腰が揺れてしまう。

「三回目なのにすごいな。前がもう濡れてドロドロになってるぞ。後ろもすごい柔らかいし……」

「ああ……っ、ちょ、ちょっと待って。あんまり指を……」

そうやって乱暴なくらいに抜き差しされると、晃の言うようにドロドロになっている前が持たない。この状態で一人だけ先にいくのはさすがにみっともないしいやだ。三回目なんだから、もっと余裕をもって楽しまなけりゃ大人としてちょっと恥ずかしい。

「うわっ、すごいな。おまえ、わかってる？　今、指三本軽く入ってんだけど。四本目も入りそう」

「うるさいっ。いちいち言うなって……。あっ、んん……っ」

「すごいいい感じだ。駄目だ、おまえのここがいやらしすぎるから、俺のほうがもたない。ちょっとこのまま入れていい？」

「えっ、このままって……？」

聞き返す間もなく、横になっていた晃が純也の股間から体を起こしたかと思うと、手早くコンドームを自分自身につけていた。自分がこらえきれないのを純也のせいにするなんて、ずるい男だ。

そればかりか、四つんばいの状態だった純也が体を返して起き上がろうとしたら、晃の手がそれを止める。彼の意図がわかってうつ伏せで膝をついた格好のまま、純也が首だけで振り返って訊いた。

「もしかして、またバックでやるつもりかよ？」

「いいだろ？」

「俺が苦手なの、知ってるくせに……」

「俺も純也のいくときの顔は見たいけど、おまえって背中もきれいだしさ」

それだけじゃないと知っている。晃がバックでやりたがるときは、雄としての支配欲がむき出しになっているときだ。相手を見下ろして、自分が目の前の体を貪っていることを視覚的にも認識したいのだ。そういう感覚も、やっぱり同じ男だからわかることだった。

「じゃ、あとでもう一回前からやる？」

純也が訊いたら晃がわざと下卑た笑みを作ってみせて、人の尻を冗談っぽく平手で軽く叩く。

「ずいぶんとがっついてるじゃないか。この淫乱めっ」

「うるさいな。お互い様だろ。それに、がっつきもするよ。このあとまた何ヶ月放っておかれるかわからないんだからな」

そう言うと、開き直ったようにこれみよがしの溜息をついてやる。

「俺、船乗りの嫁にでもなった気分だ。新婚初夜の翌朝には夫は遠くへ行ってしまいますって感じ……」

「おいおい、今度の取材は五日の予定だ。長くても一週間で一度こっちに戻るよ」

勃起《ぼっき》した自分自身の先端を純也の濡れた後ろの窄《すぼ》まりに押しつけながら、言い訳がましく言うのでもう一度溜息をついてやる。

「でも、また一泊でニューヨークにトンボ帰りのくせに」

「そのときもまた、腰痛で教壇に立っていられないくらいやってやるから心配すんなって」

そう言ったタイミングで晃自身が純也の体の中にぐいぐいと押し込まれる。慣れた圧迫感はもはや快感でしかない。内壁《いと》を擦《こす》られる感覚に、背筋が小さく震える。それを見た晃は指先で純也の背筋をなぞり、愛しそうに唇を寄せてくる。

「やっぱりきれいだ。白くて華奢で、でも男だってわかる骨格なのがいい。襟足とかうなじとか、みんな可愛いし……」

うっとりと呟くように言うと、股間に回してきた手で純也自身をやんわり擦り上げてくれる。

「そんなところのフェチだなんて知らなかった。あっ、ま、前……気持ちいい。でも、も、もうちょっとゆっくりして……」

でないと、あまりの快感に本当に先に果ててしまいそうだった。晃は「これくらいか？」と訊きながら、前を擦る手を加減してくれる。

「言っておくけど、背中フェチというより純也フェチだから、俺。おまえの頭のてっぺんから爪先《つまさき》まで、どこもかしこも全部好きだから」

一度腹の底まで見せ合ったら何を言うのも恥ずかしくなくなったとはいえ、聞かされているほうはけっこう恥ずかしいということに気がついた。でも、それもいまさらだ。照れながらでも相手の本音がわかるほうがずっといい。言葉にしないで悶々《もんもん》としてきた日々とはもう永遠に決別だ。

「俺も晃のが好き。他の男のは知らないけど、サイズも形もこれがいい。すごく俺の中にぴったりくるし、必ず気持ちよくしてくれるから」

「そんな嬉しいこと言われると、俺、取材三日で終わらせて帰ってきちゃうな」

調子に乗ったことを言いながら腰の動きを速めるから、純也は憎まれ口を言い返すこともできないまま喘ぎ声を漏らし続ける。

よすぎて体が溶けそうになっていく。今夜ばかりは、どんなに愛されても愛しても足りない気がする。会っているときも会えないでいるときも、晃を思う気持ちはまるでコップに満たされる水のように増えていく。そのコップが一杯になれば、また次のコップに見る見るうちに愛が溜《た》まっていくのだ。

「うっ、んんぁ……っ、いい、いいっ、晃……っ」

「純也っ、あっ、お、俺も、いい……っ。いきそうだ……っ」

さっきよりもさらに動きが速くなって、純也は必死でシーツを握り締めて自分の体を支える。股間を握って擦る晃の手の動きも同じリズムで、純也はもう身を捩る余裕もない。気がつけば肘《ひじ》が折れて、背中が反り返るように沈み込み、腰だけを高く持ち上げた格好になっていた。

今は晃の顔が見えないけれど、果てるときの彼の顔は知っている。眉間《みけん》に皺《しわ》を寄せて、唇を噛み締めるようにして小さな呻き声を漏らす。その顔はちょっと苦痛を耐えているようにも見えて、そのくせ見ているほうが身震いをするほどの色気がある。

セックスして果てる瞬間なんて、人間の本能丸出しの一番みっともない姿だと思うのに、晃はそんなことはなくてすごくいい顔になるのだ。惚れた弱味かもしれないが、純也は本気でそう思っている。だから、本当は向き合って果てたいけれど、たまにはこういうのもいい。

今夜は二人にとっては特別な夜だから。晃とこれからもずっと一緒にいると誓った夜だ。今夜くらいは彼のものになった自分を意識して、照れくさくて甘い快感に浸ってみるのもいい。

やがて晃が一瞬動きを止めたかと思うと、短く「いくっ」と呟いて純也の体の中で射精した。コンドーム越しに生暖かい感触が内壁を打つのがわかる。ほぼ同時に、純也もまた晃の

手のひらに己の精を吐き出して、背中を小さく痙攣《けいれん》させたあと、大きな吐息とともに体を弛緩《しかん》させた。

一緒にベッドに崩れ落ちると、もうシーツが汚れることなんか気にもしないで互いの体をぴったりと重ねたままでいる。

晃の心臓の鼓動が重なった背中に伝わってくる。この温もりは夏でも冬でも優しく純也を包み込んでくれて、こういう瞬間に何度も幸せを感じてきた。でも、これまではこの幸せがいつか終わってしまうものだと、心のどこかで覚悟をしていた。

（もう、そんな覚悟なんか必要ないから……）

重なった体の横では二人の汚れた手がやっぱり重なって投げ出されている。その左手の指にはまったプラチナの指輪が、純也の視線を誘うように部屋の明かりを反射している。そのキラキラと輝く様が、まるで長すぎた春に怯えていた自分を笑っているように見えて、純也は思わず照れくささに目を閉じるのだった。


「さっき、三日で帰るって言ったよな？」

「えっ、そんなこと言ったっけ？」

あとで正常位でもう一回などと言っておきながら、正直今夜はお互い限界だった。シャワーを浴びてシーツを替えて横になったらすでに夜中の一時。明日は二人とも六時半には起きなければならないから、本当なら無駄話もしないでとっとと目を閉じるべきだとわかっている。でも、まだこの夜を終わらせたくない気持ちだったのだ。

五日の予定の取材は、長くなることはあっても短くなることはまずないだろう。これまでの経験からして純也も充分わかっているが、わざとさっきの晃の言葉を確認してやる。意地が悪くても、「船乗りの嫁」というのはまんざら冗談でもない。まさに今の自分はそんな気分だ。

置いていかれることには慣れていたつもりなのに、結婚という約束がないときは耐えられたことが、かえって今は辛い気がする。わがままだとわかっているのに、頼ったり支え合ったりしてもいいんだと思った途端に弱くなった自分がいるような気がしていた。

「できないことを口にすんのはやめろよな。前は無理にでも笑えたけど、今はなんかきつい」

晃が取材に出る前にこんなことを言って困らすのは本意じゃない。でも、嘘の笑顔で送り出すのもなんだかいやだった。すると、晃が純也の体に腕を回してきて小さな溜息を漏らす。

「俺も、本当は離れたくない。三日とか五日とかそんな話じゃなくて、本当は……」

晃の言いたいことはなんとなくわかった。でも、それを今考えるのは難しい。

「無理は言いたくない。純也には純也の選んだ仕事があって、こっちでの人間関係もある。

これまで築いてきたものを簡単に捨てろなんて、誰にも言えやしないことはわかっているつもりだ」

「うん……」

学校で英語を教えるのは楽しいし、生徒たちの相談を受けて力になれたと思ったときは本当に嬉しい。まだ未熟な彼らなりの一生懸命を目《ま》の当たりにして、自分のほうが勇気づけられることも多々ある。

「それに、両親のこともあるしな」

お互い長男で一人息子同士なのに、ゲイになってしまったという親不孝は世が世なら駆け落ち心中ものだ。でも、そんな自分たちにも子どもができるのだ。そのことを思うと、両親に説明するのが厄介だとは思うけれど、最終的には喜んでもらえるような気もしている。

それが楽観的すぎると言われたらそうかもしれないが、新しい命を喜べないような両親ではないと思う。まして、晃の両親にしてみれば自分の息子の血を引いた、正真正銘の孫になるのだから。

「ところで、アユミさんはなんて言ってたんだ？　俺、電話を受けたとき、パニックになって話の途中で切ってしまって申し訳なかったな」

「ああ、大丈夫。向こうもつい嬉しさのあまり、自分からベイビーのことを純也に言ってしまって悪かったって。俺から説明するからそれまで黙っていてくれって言ってたんだけど、まさか俺が部屋にも入れてもらってないとは思わなかったみたいだ」

彼女としてははてっきり東京に向かった晃がちゃんと純也と仲直りして、一緒に部屋にいると思っていたのだろう。あるいは、すでに晃が子どものことを話しているかもしれないと思ったのか、口が滑ってしまったようだ。

あのときちゃんと彼女の話を聞かなかったが、弁護士がどうとか書類にサインとか、純也にも同意書がどうのこうのと言っていた。ベイビーの出生に関して親権や養育権、面会権やゴッドペアレント制度の手続きなど、諸々《もろもろ》についての相談があったらしい。

純也と無事指輪の交換をしてあらためてアユミに電話をしたら、受話器の向こうからミランダとともに「おめでとう」と叫ぶ声が届いた。もちろん、こちらからも「妊娠おめでとう」の声を晃と揃って伝えた。

これからは一人のベイビーの存在によって、自分たちは一つの家族となるのだ。そのことを思うと、ミランダというアユミのパートナーとも早く会いたかった。それに、アユミとは病院でちゃんと話をする機会も持てないままだったので、そのことも純也は少しばかり気にしていた。

「アユミさん、無事に出産できるといいね」

たいした知識はないのだが、体外受精をした場合、出産は帝王切開になることが多いらしい。自然分娩《しぜんぶんべん》だと出血量が多くて母体に負担がかかると聞いたことがある。彼女も三十六歳だし、初産《ういざん》だ。出産のギリギリまで仕事は続けると言っているらしいが、体調管理には充分に気をつけてもらいたい。そして、予定日には健康な母子の対面を果たしてほしい。

「ミランダが医者だから、健康管理のほうはまかせて大丈夫だろうけどね」

「職場で無理をしないよう、今度は晃がちゃんと見張っていないとね」

そう言うと、彼は「まかせろ」とばかり拳で自分の胸をトントンと叩く。

「それから、俺……」

純也は言いかけた言葉を止めて、晃の横顔を見た。純也が殴った左頬の腫れは充分に冷やしたのがよかったのか、だいぶ引いてきている。それでもまだちょっと痛むのか、晃が自分の手のひらでそっと撫でていた。

「殴ってごめん……」

「俺のほうこそ、長い間純也を不安にさせてごめんな……」

そのあと、二人は一言、二言言葉を交わし、やがてどちらからともなく「おやすみ」と呟いて瞼《まぶた》を閉じた。

純也はその夜、幸せな夢を見た。晃がいて自分がいて、すぐそばに晃によく似た子どもがヨチヨチと歩いている。男二人が心配そうに追いかけていると、いきなり振り返ったその子が純也に向かっておぼつかない足取りで駆けてくる。

転ばないように慌ててしゃがんで手を広げれば、純也の腕の中に飛び込んできた温かく柔らかい感触。とても大切な何かを手にいれた思いに涙が出そうになっていた。

この子を守ってあげなければならない。そして、この子をそばで見守っていきたい。これまでは学校で大勢の生徒たちを教え、卒業していくのを見送ってきた。彼らに注いできた愛情を、今度は晃と自分の子どもにも注いでやりたい。それはとても自然な願望で、そうすることを止める必要など何もないのだと思えた。

そして翌朝目覚めたとき、純也は新しい自分の人生を歩み出すことを決心したのだった。

◆◆

ついにアユミの出産の日がやってきた。案じていた帝王切開ではなく、昨日の夜から陣痛が始まって自然分娩での出産となった。慌てて病院にやってきた晃と純也だが、まだ子宮口が充分開いていないのでしばらくかかると言われ、ミランダにカフェテリアにでも行ってなさいと追い払われてしまった。

「うわぁ、どうしよう。ドキドキするよ。なんか呼吸が苦しくなってきた。こういうときもあの呼吸法って役に立つのかな。やってみるか」

そう言って『ヒッヒッ、フゥーッ』とばかりラマーズ法の呼吸を繰り返してみるが、あんまり楽になった気がしない。そんな純也の様子を見て、カフェテリアで買ったコーヒーを運んできた晃が落ち着いた素振りで言う。

「おいおい、おまえがそんなにドキドキしてどうすんの？　産むのはアユミだ。ミランダも一緒に分娩室に入ってるし、何も心配ないさ」

だが、そんな晃も買ったばかりのコーヒーにさっきから大量の砂糖を入れてはかき回し、かき回してはまたシュガーポットを手にしてさらに砂糖を入れようとしている。そして、一口飲んであまりの甘さに噴き出しそうになって、慌ててゴミ箱に捨てに走る。

「おまえこそ落ち着け。いよいよパパだぞ。あっ、そういえば、なんて呼ばせるのさ？　いや、それより言語の使い分けはどうすんの？　ミランダは英語だろ。アユミが日本語として、晃と俺はどうすんの？　あんまり日本語の比率が高くなるのもどうかと思うし、でも学校に行くようになったら断然英語が中心になるし……」

「いや、その話はまだ早いだろ。とりあえず呼び方は名前でいいんじゃないか。それとも、俺が『ダッド』でおまえが『パパ』にするか？」

「小さい頃はそれでもいいけど、大きくなったらやっぱり『お父さん』がいいよね。あっ、それから、晃の両親とうちの両親はどのタイミングで呼んだらいいのかな？　うちなんて母親はすぐにでも飛んできちゃいそうだけど」

「ああ、それはうちも一緒。親父が拗ねて俺に電話してくるからまいるんだよね」

お互いの両親の話をしているうちに、ちょっと気持ちが落ち着いてきた二人はとりあえずカフェテリアのテーブルに向き合って座った。

親のことに関してはお互いいろいろあった。とにかく、結婚を機に双方の両親にきちんと紹介しようということになったが、どっちの親の反応もそれなりだった。

昔からよく知っている相手だけに、「まさか」という気持ちと「やっぱり」という気持ちがあったようだが、結局のところ大きな溜息とともに言われたのは、母親の「しょうがないわね」と、父親の「仕方ないな」だった。勘当されなかっただけでも上出来だと思っていたのだが、そんな彼らも晃とアユミの子どものことについて話すといきなり目が輝いた。

すっかり諦めていた孫が抱ける。そう思った途端、息子たちについて思い悩む気持ちはすっ飛んでしまったらしい。

いつ生まれる、どこに行けば会える、日本には連れてくるのか、いや北米でもどこでも会いにいくともう一気にテンションが上がりまくって、思わず血圧が上がるから落ち着いてくれと二人してお願いしたくらいだ。

いずれにしても、そんな形で両親にも筋を通したことで、今では純也もニューヨークに渡り晴れて二人で暮らしている。今年の春に受験対策クラスで担当していた生徒たちの卒業を見送り、長年勤めた日本の高校をやめた。急なことで申し訳なかったが、ベイビーの予定日を考えるともう一年渡米を延ばすわけにはいかなかったからだ。

「ところで、仕事は大丈夫なの?」

純也が訊くと、晃は何かあればネイサンから連絡が入ることになっているという。もっとも、今の晃にとってアユミの出産以上に緊急事態というのはまずないだろう。

「そういう、そっちは?」

「事情を説明して、今日の午後は申し訳ないけど休みにしてもらった」

純也はこの街の日本人学校で臨時の教師をしている。教えているのは英語ではなく、小学生に日本語を教えているのだ。日本から両親の仕事の都合でニューヨークにきている子どもの数はかなりいる。そんな中には日本人学校で教育を受ける子もいれば、現地の学校に通いながら放課後や週末に日本語や日本の文化や習慣を学ぶための補習学校に通っている子も少なくない。純也が現在働いているのは、そういう学校の一つだった。

日本で勤務していた高校を辞めたあとは集中して日本語教師養成講座を受講し、今年の十月の検定試験を受けたのちすぐに渡米した。試験の合格発表は十二月だが、結果は日本の両親のところに届く予定だ。

実際のところ、外国人に日本語を教えるのに必要な明確な資格というものはない。基準として専門の講座を規定の時間数受けているか、検定試験に合格していることになっている。純也の場合、養成講座もかなりの時間数受けているし、これまで現役の高校教師としての実績もあるので、すぐにでも講師として迎えたいという学校もあった。

だが、純也のけじめとしてやっぱり資格を持ってからきちんとした職に就きたかった。なので、今はあくまでもバイト程度しかしていないが、来年からは近くのカレッジとプライベートの語学学校で仕事をする予定になっている。

どちらの職場も晃の上司やミランダが保証人や推薦人になってくれて決まったので、晃の人脈と人徳には感謝していた。同時に、人にも仕事にも誠実な彼の人柄がニューヨークでも多くの人に愛されていると知ることは、パートナーとしてとても嬉しいことだった。

そういうわけで渡米に関してはアユミの出産にも無事間に合ったわけだが、産気づいた今日は予定日より一週間ほど遅れていた。

ベイビーが胎内で成長しすぎると、出産に危険が伴うので帝王切開を勧められる場合が多いらしいが、ミランダが言うにはアユミの場合は母子ともに安定した状態なので、きっと自然分娩でも大丈夫だろうということだった。万一の出血多量にも万全に備えているし、とにかく今は彼女らを信じて待つだけだ。

「男って、なんか間抜けだね」

「うん、なんか役立たずって感じだ」

「本当に人類に必要なんかな？」

「精子はいるんじゃないの？」

「そのうちどんどん退化していって、精子を出すだけのアメーバーみたいな生き物になりそうだ」

精子だけをピューピューと排出する奇妙なスライムのようなものを想像して、二人は思わず顔を見合わせて苦笑いを漏らす。

「でも、俺はアメーバーみたいになっても晃を好きになると思うよ」

「ああ、それを言うなら、俺だってアメーバーみたいになっても、絶対に純也を見つけて合体しにいくぞ」

新しい命を産もうとしている女性と、それをサポートしている医師がそれぞれ頑張っているというのに、カフェテリアでこんな馬鹿話しかできない男というのは本当に情けない。でも、そういう生き物なんだからしょうがない。

それからまた数時間、立ったり座ったり、歩き回ったり外の空気を吸いにいったりして、二人で三杯目のコーヒーを飲もうとしたときだった。

「アキラ、ジュン、きてっ」

ミランダが二人を呼びにきて、買ったばかりのコーヒーを放り出して分娩室へと飛んでいく。

「生まれたのか？　無事なのか？　二人とも無事なんだよな？」

「男の子？　女の子？　どっち、どっちでもいいけど、元気なの？」

ミランダのあとをついて走りながら、二人が口々にたずねる。すると、分娩室の前にまできたミランダがここで待つように言って、一人で中へと入っていった。

赤ん坊の泣き声が聞こえてきてやきもきして待っていると、しばらくして分娩室の窓のカーテンが開かれた。晃と純也がそこのガラス窓にへばりついて中をのぞき込む。分娩台の上でまだぐったりとしているアユミだったが、ミランダに教えられて窓のほうを見ると、胸の上にベイビーを乗せた状態で、「やったわよ」とばかり右手を拳にして振っている。なんとも勇ましいアマゾネスの姿だった。

そして、ミランダがベイビーを抱き上げると、ゆっくりと窓のところまで連れてきてくれる。白い布にくるまれたその子は、真っ赤な顔で目を閉じたまま小さな口をパクパクとさせていた。口元のツンと尖《とが》った感じはアユミに似ているが、目尻の切れ具合と鼻筋は晃に似ているような気がした。

「どっち、どっちなんだっ？」

晃がミランダにジェスチャーで性別をたずねている。ミランダは白い布をチラッとめくって見せてくれた。そこはツルリとしていてなんの突起もない。

「女の子だーっ」

二人して声を揃えて叫びながら抱き合った。どっちを希望していたわけでもない。とにかく、元気な子が生まれてくれればよかった。けれど、女の子と知れば知ったで、なんだかくすぐったいような気持ちになる。でも、男の子が生まれていればそれはそれで、またすごく嬉しかったに違いない。

「よぉーし、アキラパパが世界一のプリンセスにしてやるぞぉ。悪い虫がつかないようにしないとな。何しろ、赤ん坊のときからあれだけの美人なんだ。他の赤ん坊と同じベビールームなんかに寝かせるわけにはいかないぞ」

「親馬鹿もほどほどにしなよ。そうやって過保護が過ぎると、年頃になってから『パパうざい～』って言われるぞ。もっとどんなことでも相談できる、友達のような理解のある父親にならないとな。あっ、でも、俺、ティーンネージャーの扱いはけっこう慣れてるけど、幼児はどうだろう。第一反抗期って二歳くらいか？」

「どっちにしてもまだ早いだろうが。まだ0歳だ。生まれたてのホヤホヤなんだぞ」

「何言ってんの。子どもなんてあっという間に大きくなるんだぞ。そうだ。ビデオも写真もいっぱい撮らなきゃ。いやいや、その前に名前か……」

二人してああでもないこうでもないと親馬鹿っぷりを炸裂《さくれつ》させていると、やがてアユミがストレッチャーで分娩室から個室に運ばれていく。ベイビーも小さなベッドに乗せられて一緒に運ばれていく。日本では出産後は一週間ほど入院するのが普通らしいが、北米では異常がなければ翌日にはベイビーとともに退院だ。だが、今はとにかくゆっくりと体を休めてほしい。

今夜はミランダが同室で一夜を過ごし、明日にはベイビーを連れて二人の暮らす部屋へ帰る。そして、いよいよ親子三人での生活が始まるのだ。もちろん、晃と純也はベイビーの父親としていつでも会いたいときに彼女に会える。

とりあえず、アユミとミランダに声をかけてから帰ろうと思い、晃と純也も彼女の個室に顔を出した。すると、ミランダがせっかくだからベイビーを抱いていけばいいと言ってくれる。今は泣きもせず、スヤスヤと気持ちよさそうに眠っていた。

そこで初めて二人はベイビーを自分たちの手で抱いた。

「うわっ、小さいぞ。それに、柔らかい。まるでマシュマロみたいだ」

最初に自分の娘を抱っこした晃が、感動のあまり腕を震わせている。ベイビーを落とさないかとハラハラしながら見ていた純也が手を差し出すと、晃がその腕にそっと新しい命を乗せてくれる。軽いはずのベイビーなのに、なぜかずっしりと感じたのはきっと命の重さなんだろう。

「ああ……っ、本当だ。小さいな。でも、ちゃんと生きて呼吸している。なんてすごいんだ」

ものすごく当たり前のことに純也もまた感動してしまう。

ミランダとアユミは手を握り合って見つめ合っていたかと思うと、そっと唇を重ねていた。それは、ミランダからのアユミを労わるキスだった。そして、おっかなびっくりでベイビーを抱いている純也のそばにくると、ミランダが晃の肩に手をかけて微笑みながら言う。

「この子はパパとママが二人ずついて、祖父母が八人いるのよ。きっとみんなに愛されて、幸せな人生を送ってくれるはず。そして、わたしたちにもたくさんの幸せをくれるわ。まさに奇跡のベイビーよ」

ミランダの言葉にベッドの上で頷くアユミがいて、晃と純也もその言葉をしっかりと胸に刻む。

そして、宝物のように大事に抱いているベイビーの頬《ほお》にそっと口づけをしたとき、純也は生まれたばかりの彼女から最初の幸せをもらったような気がしたのだった。

僕らのステキな休日

愛しい娘の名前を「Hanna」という。英語では「ハンナ」だが、日本名では「華《はな》」とした。四人の両親を持つ彼女が微笑《ほほえ》む顔は、まさしく天使のように愛らしい。空腹だったりオムツが汚れているとき、真っ赤になって泣き叫ぶ顔でさえ思わず写真を撮ってしまうくらい可愛い。もちろん、その気持ちは純也《じゅんや》もわかる。わかるけど、とりあえず今は手伝えと言いたい。

「晃《あきら》っ、写真ばっかり撮ってないで、さっさとクリネックス寄こせっ。新しいオムツも出してっ！」

駄目なパパに向かって怒鳴ったのに華が驚いたように目を丸くしてもっと泣き出したので、晃が呆《あき》れたように言う。

「おいおい、オムツ交換くらいでそんなにテンパってんじゃないよ。華が怖がって泣いてるだろう」

差し出されたクリネックスとオムツを引っ手繰《たく》るように取ると、これ以上華が泣かないようあやしながら言う。

「だったら、おまえが交換しろよ。きれいに拭《ふ》いて、パウダーつけてから新しいオムツだぞ。可愛いお尻がかぶれたらおまえの責任だからな」

「あっ、いや、今日のところはおまえに譲ってやるからやっていいぞ」

そういう調子のいいことを言って純也にオムツ交換をさせてから、ニコニコと笑い出した華を抱き上げるのはいつものことだ。

実際、自分の好きなこと以外はいまいち不器用で大雑把な晃にまかせて、華の桃のようなお尻がかぶれでもしたら困る。華も可哀想《かわいそう》だしパパの一人である自分も悲しいけれど、アユミとミランダに「これだからパパたちは」と小言をもらうのが心外なのだ。

なので、オムツ交換は自分でやったほうが安心だ。他にもミルクをあげたり洋服の着替えなどは純也のほうがうまい。でも、晃にまかせたほうが安心なこともある。たとえば、お風呂は力のない純也よりたくましい晃のほうが断然余裕がある。散歩に出かけるときも、抱っこもおんぶも晃にまかせたほうが安全だ。

そんな具合になんとなく役割分担ができ、月のうち何日かは我が家で過ごす華のため、部屋の中はベビー用品がどんどん増えていく。

スタイにおしゃぶり、ぬいぐるみの数々にアユミの両親からもらった知育玩具。二人暮らしのときには考えられなかったものが、モダンなリビングの革張りのソファやおしゃれなコーヒーテーブルの上に転がっている。さらに、コーヒーボードの上には日本のそれぞれの祖父母が送ってきた雛《ひな》飾りと羽子板。

でも、これが今の自分たちの生活スタイルで、男同士でありながら血の繋《つな》がりのある子を育てられる幸運にいつだって感謝している。

「じゃ、お尻もきれいになったし散歩に行くか」

晃はそう言うと、オムツを替えてもらいすっかりご機嫌の華をベビーバギーに寝かせる。そこへ純也がブランケットをかけて、ニットの帽子を被《かぶ》せてやる。自分たちも厚手のコートを羽織り、コンドミニアムから歩いて十分ほどの公園へ出かける。まだ風は冷たいが、今日はお日様が出ているので日光浴をさせるためだ。

男同士が肩を寄せ合って歩き、片方がバギーを押している姿というのは、日本では滅多にお目にかかれないだろう。ところが、世界にはそれがまったく当たり前の光景として受け入れられる場所がある。このニューヨークもそんな街の一つだ。

両親がそれぞれゲイのカップルという華にとって、生まれ育っていくには最適な街のような気もする。将来、彼女がどんな人生を選択するにしても、自信を持って自分の家族を友人や恋人に紹介してほしいと思うし、そうされる自分たちでありたいと思う。

「なんてことを思うのは、子どもがいてこそのことだよな。やっぱり、子どもってすごいな」

バギーを押している晃に向かって純也がしみじみと言った。すると、ハンサムでお洒落《しゃれ》なパパの片割れは、純也のことを片手で抱き寄せて頰《ほお》にキスをくれる。

「俺もそう思うよ。でも、華の人生は華のものだ。彼女がどんなふうに生きようと、俺たち四人はいつだって彼女の味方であればいいだけだ。そして、どんなときもアユミにとってのベストパートナーがミランダであるように、俺にとっては純也しかいない。それもまた事実なんだから、華が彼女なりに受け入れていけばいい」

純也がいろいろ考えているとき、晃もきまって考えていることがある。それを聞かされるたび思うのは、彼を選んでよかったということと彼に選ばれてよかったということ。

今の時代、自分の気持ちに正直に生きていくことなど簡単に思えるかもしれない。だが、現実はやっぱり難しい。そんな中、二人は諸々《もろもろ》のハードルを越えて一緒にいることができるようになった。本当にそれだけでも自分たちを取り巻く多くの人に感謝するべきなのだ。

それればかりか、晃と純也にはバギーの中で小さな手を振りながら笑顔で「あうっ、あう〜っ」と声を上げている愛らしい華の存在がある。この子のくれる幸せの分だけ、彼女にも幸せになってほしいと心から願っている。

「帰りにカフェに寄っていく?」

「いいけど、華のバギーがあるよ」

いきつけのカフェはちょっとすかした連中が集まる店で、ゲイのカップルも多い。まだ三ヶ月の乳飲み子をバギーに乗せて連れていくのはどうかと思ったが、晃はむしろそういう店だから華を連れていってみたいというのだ。

空気を読まないというより、晃なりの冒険で挑戦なのだろう。日本国籍であっても他所様《よそさま》の国であっても必要以上の遠慮はしない。宗教や文化習慣は理解して向き合うべきだと考えているが、生活についてはいいと思うものはどんどん周囲に啓蒙《けいもう》してしまうのは晃の癖のようなものだ。

子どもを持てない人もいるのに大丈夫だろうか。たまたま自分たちがゲイであっても子どもを持てたことを自慢しにきていると思われないだろうか。案じる純也だったが、それは杞《き》憂《ゆう》だったようだ。カフェに行ってみれば、誰もが華のバギーの周りに集まってきてその笑顔を見て一緒に笑う。

「この子がハンナか。やっと連れてきたな。噂ばかりでベイビーを見ないとどうにも信用できなかったんだ」

カフェのマスターの言葉に晃が自慢げに言い返す。

「俺に似て美人だろう？　やっと三ヶ月になったから、今日がカフェデビューだ。ただし、ミランダとアユミには内緒にしておいてくれ。ベイビーを連れていくところじゃないって怒られる」

それはそうだろう。純也だって生後三ヶ月で連れてくるなら、この店でなくてもいいと思う。そもそも散歩だったのだから公園で日光浴をすればそれで充分だったのだ。

それでも、カフェの客たちが華の周囲を取り囲み、嬉しそうに可愛い彼女をあやす姿を見ていると、なんだか心が和む。華もまた公園にいたとき以上にご機嫌で、両手足でブランケットを蹴飛《けと》ばす勢いではしゃぐ姿は可愛らしさもひとしおだ。

カフェラテをテイクアウトで買って、店にいたのは五分程度。それでも、華はりっぱなカフェデビューを果たしたことになる。そして、晃の試みは大成功ということらしい。

晃と純也はそれぞれ紙コップのラテを飲みながら、のんびりと自分たちのコンドミニアムに戻る。二月のニューヨークの街は暮れるのが早い。夕食は手早くパスタで済ませ、華にもミルクを飲ませ、お風呂に入れて、二人で交互に抱きながらリビングで映画を見て過ごすのは近頃すっかり定着した休日の過ごし方だ。

やがて映画が終わる頃には、華が晃の腕の中でぐっすりと眠りに落ちているのもいつものことだ。晃がそっと部屋に運び、白い柵《さく》に囲まれたベビーベッドに寝かせてやる。唇と手足がもぞもぞと動く様を見ていると、愛らしさのあまりまた抱き上げて頬にキスしたくなるけれどそれは我慢だ。

彼女の部屋を出て、二人は隣の寝室に行く。これからは大人だけの時間。無垢《むく》な存在と過ごしたからといって、煩悩が消えるものでもないのが人の性《さが》というものだ。

正直これは不謹慎なのかどうかわからないが、華を預かった夜ほど燃える。いいパパでいた時間が長いほど、露骨にいやらしい真似をしたくなる。

「ちょっと触っただけで前がすごいベタベタになってるけど、ここんところそんなに飢えさせてたか？」

呆れたように言われて、純也が黙れとばかり晃の唇に自分の唇を重ねる。一昨日《おととい》もやったばかりだけど、今夜はちょっと違う感じで体が火照っているのだ。

「奥さん、いやらしい体してるからなぁ〜」

「だから、やめろって、そういう親父くさいセリフはさっ」

純也を女に見立てたそういう言葉遊びは、正直ちょっとカンに障る。というのも、華の世話をしていると、男であっても自分の中にもあるらしい母性というものを強く意識してしまう。そこに追い討ちをかけるように「奥さん」などと呼ばれたら、とりあえず「違うから」と言いたくなってしまっても仕方がないだろう。

なのに、体のほうはそういう馬鹿な煽《あお》り文句に乗せられてしまう自分がいるから情けない。おまけに、ふと寝室の窓からの景色を見れば、いやになるほどニューヨークなものだから日本の親父くさい言葉が妙にエキゾチックに思えて興奮を誘う。

（クッソー。それも計算かよ？　エロオヤジめっ）

などと心の中で問い詰めていても、体のほうは恥ずかしいほど乱れていてもう堪《こら》えようもなく崩れ落ちていく。

以前はあまりに離れている距離と時間が長すぎて、会えば夢中で貪り合ってしまうのも仕方がなかったと思う。でも、一緒に暮らすようになって当たり前のように同じベッドで眠るようになれば、それほどがっつくこともなくなるんじゃないかと思っていた。まして子育てという初めての経験に振り回されていればセックスなんか二の次で、二人して「パパ」としての人生に心奪われてしまう気もしていたのだ。

ところが、現実はそうでもなかった。それどころか、晃のエロさに拍車がかかり、純也の淫らさが三割増しになっている。結局のところ、晃にしても純也にしても、「結婚」という形で結ばれたことが嬉しくて仕方がないのだ。だから、時間が許すかぎり互いの温もりを確かめたくなるし、これまで離れていた分を取り返すように互いに触れていたいのだ。

前への愛撫を存分にして、純也の体をうつ伏せにさせた晃がまたも呆れるようなことを口にする。

「華のお尻も可愛いけど、こうして見ると純也の尻もそれなりに可愛いぞ」

人の尻を分け開いて窄《すぼ》まりを探ろうとしながら、娘とパートナーのどちらに対してもなんとなく失礼な比較をするので、思わず純也が身を捩《よじ》って晃を叱ろうとした。

「おい、比べるなっ……って、あっ、ああ……ぅ。そ、そこ……っ。だ、駄目だから……」

人の小言を最後まで言わせず潤滑剤で濡らした指を潜り込ませてくるから、たまらず喘《あえ》ぎ声をあげてしまう。そればかりか中からあちらこちらをまさぐりながら押されたら、体中の力が抜けてまた先走りが溢れ出してくる。

「駄目じゃないだろ？　前も後ろもトロトロだもんな。おまえさ、こっちにきてからすごくない？ 感じやすいっていうか、こんなにいやらしい体してたっけ？」

興奮した顔と荒い息交じりでそんなことを聞かれても、答えようがなくて困る。

「言うなってば。いちいち言われなくても、自分でもおかしいって思ってるんだからっ」

初恋が成就して、男同士で結婚して、さらには子どもまで授かって、晃を好きすぎる自分の心と体はもう完全に歯止めを失っているのだ。だが、そんな純也の気持ちを知ってか知らずか、晃もまた照れたように頬を緩め、いつになくだらしのない笑みを浮かべる。

「まぁ、俺もどうしようもないくらい盛ってんだけどな。おまえが東京じゃなくてそばにいるんだって思うだけで、なんかもう毎日浮き足立っていうか。仕事中にも気がついたらヘラヘラしてて、ネイサンにしょっちゅう小突かれてる」

「晃……」

こういうことを言われると、純也がどれくらい嬉しくて、同時に安堵しているか晃はきっとわかっていないのだ。自分ばかり晃を好きでいると思っていた時期が長すぎて、今でもふと不安になる瞬間がある。ニューヨークまできておいて何をいまさらと言われても、この幸せは独りよがりでも一方通行でもないのだと知ればこんなにも心が満たされる。そして、体が燃える。

「もう入れていいか？」

自分の指で解《ほぐ》してすっかり柔らかくなっている純也のそこを確かめているくせに、耳元で囁くように聞かれると喘ぎ声とともに頷いて自分からねだってしまう。

「うん、入れて。もう、ほしくてたまらない……」

「俺も入れたいしイキたいし、もう限界だ」

昨日今日抱き合うようになったわけでもない。互いの体のことなら知り尽くしている。だからこそ、ときにはこうして言葉で確認し合って一つになるのも新鮮でいい。

純也の中にゆっくり入ってきた晃自身は、今夜もこの身を震わせるほどに硬くて熱い。それが抜き差しされるごとに純也の体は果てしなく淫らに濡れていく。もっともっととねだる気持ちが抑えられなくなって、自ら腰を揺らすばかりか言葉が口をついて出る。

「ああ……ぅ、いい……っ、いいっ、晃っ、もっと、もっと奥まで突いてぇ……っ」

「こっちもいいっ。も、もうっ、いくっ、いっちまうっ……」

二人がいってしまうという瞬間だった。

「ひぃぁ……っ」

微《かす》かな声が聞こえた気がして、二人はピタリと動きを止めた。そして、息を殺して耳を澄ませば、それは隣の部屋で眠る華の泣き声だった。

二人は慌てて体を離してガウンを羽織り、部屋を飛び出して華のところへ飛んでいく。ベビーベッドで眠っていた華はしばらくぐずっていたものの、晃が抱っこして純也が背中を撫《な》でているうちにまたスヤスヤと眠りに落ちていった。ほぉっと吐息を漏らして華をベッドに戻した二人は顔を見合わせて笑う。

「赤ん坊でも怖い夢とか見るのかな?」

　華の部屋からそっと出ていくとき純也が何気なく言った。

「どうだろうな?　この歳なら、まだ前世の記憶が残っていたりしてな」

「怖いこと言うなよ。華はもう華の人生を生きているんだから」

晃の言葉に純也が二の腕を指先で突《つつ》く。すると、晃は純也をしっかりと抱き寄せる。

「そうだな。華は俺たちの子どもだ。俺たちが出会うべくして出会ったように、華との出会いもきっとそうだったんだ」

　世の中の動きも人の運命も、とても数奇なものだ。ただ、それがあまりにも自然にやってくるから、それが奇妙だとか不思議とは思わないこともたくさんある。晃との出会いにアユミやミランダという同胞との出会い。さらには華との出会い。それらのすべてに感謝して、純也はあらためてベッドに横になって晃の頬にキスをする。

「なんか気がそがれちゃったなぁ。でも、まぁ、こんな夜もいいか」

「うん、こんな夜もあるさ。子どもがいればね」

　二人して、これが幸せなんだと思う。子どもを持てたことに感謝して、今夜は手を握り合って眠るのもいい。こんな夜にミランダとアユミはどんな心持ちで過ごしているのだろう。久しぶりの二人きりの夜で盛り上がって抱き合ったものの、華がどうしているか気になって案外その気がそがれていたりするのかもしれない。

子どもというのは本当に不思議だ。今は自分たちの手がなければ死んでしまうはかない存在が、たくさんの影響を及ぼしながら四人の親をハラハラさせている。

成長していくにつれ、彼女はどんな女性になって自分たちにどんな驚きと心配と、さらには喜びを与えてくれるのだろう。今は知る由もないけれど、純也は晃の腕に抱き寄せられて思わず頬を緩める。

「あの子はこの世に舞い降りた天使だね」

「ああ、俺たちのセックスライフを抜群のタイミングで邪魔する、清らかな天使だ」

晃の言葉に純也が思わず苦笑を漏らし、二人はもう一度甘いキスをする。こうしてニューヨークのステキな休日が終わっていくのだった。

あとがき

日本に生まれてよかったと思うことは多々ありますが、四季それぞれの美しさにはしみじみと唸ってしまいます。などと、あらためて言うのもどうかと思うのですが、それも今回のお話を書いているときに感じたことの一つです。

この本が出る頃にはようやく日本も秋模様。真冬に白い息を吐きながら、または真夏の炎天下に滝のような汗を流しながら続けているウォーキングも、春や秋には快適すぎてなんだか物足りなくなってしまいます。

もう少し体に負荷をかけつつ、せっかくの心地いい季節を存分に楽しみたい。そこで、ちょっと足を伸ばして山にでも行ってみようかなどと思っている昨今です。近隣には、初心者向けのハイキングコースからロッククライミングのできる健脚コースまで揃っている土地柄なので、「一人野鳥の会」を名乗っている身としては双眼鏡を片手に山へと分け入ってみようと企み中。

紅葉と野鳥観察を存分に楽しんだ帰りは途中の温泉で体を労わり、美味しい食事をいただきながら一献となったら、もう「日本万歳！」計画といってもいいくらいです。

ただし、方角にはめっきり弱いものですから、目印の少ないハイキングコースの山中で迷子になり、恥ずかしいニュースにだけはならないように注意したいと思います。

というわけで、現在は日本の秋を絶賛満喫中なのですが、今回のお話はたまたま北米滞在中にアイデアをまとめたこともあり、いまさらながらに異文化間のことについてあれこれ考えてみることが多かったように思います。

この歳になって振り返ってみれば、若い頃に機会があり海外で数年ばかり暮らした経験は自分の中で大切な財産となっています。また、その後も縁があり毎年夏は北米で過ごすようになりました。冬は時間が許せば興味のある国へ出かけ、自分なりに見聞を広めたいと思っています。

当然のことですが、日本では常識でも世界に出ればそうではなくなることはたくさんあります。特に宗教観については、わたし自身があまりにも鈍感でいたことで、過去にたびたび困惑したり恥じ入ったりしたこともありました。多神教のうえ仏教の他にも多くの宗教を許容している日本と一神教の世界観の違いは、常に慎重に考えて対応するべきだと思っています。

そして、それぞれの土地で見聞きしたことは血となり肉となってきたと考えています。その中からうまく消化できたものは、作品の中でエピソードの一つとして使ってきました。

本作品の主人公の晃と純也も北米で教育を受けた日本人ですが、世界のどこに行ってもその国の文化や宗教を尊重し、なおかつ自分のアイデンティティーを失わず、日本人としての誇りを持っている人間として書きたいと思っていました。どこまでうまくできたかはわかりませんが、彼らはわたしの中でイメージしている「国際人」に比較的近い存在だと思います。

今回の挿絵は山本小鉄子先生に描いていただきました。ステキな絵のおかげで、読者の皆様にも二人をより身近に感じていただけたのではないかと思います。お忙しいスケジュールの中、本当にありがとうございました。

さて、日本の秋を楽しんでいる傍らで、今年は次から次へと台風がやってきて甚大な被害を受けた地域もあり心を痛めています。四季それぞれの美しさを味わえると同時に、厳しい自然と闘わなければならないことが多い国だと思います。

それでも、海外に出るたびに思うのは日本に生まれてよかったということ。近頃は旅の目的の半分は、日本の素晴しさを自分自身が認識するためではないかと感じています。なので、日本という国について聞かれたとき、文化や宗教や自然や国民性など自信を持って答えられる人間でありたいと思うのです。

でも、晃と純也の話はそんな面倒なことは抜きにして、気軽に楽しんでいただければ嬉しいです。わたし自身も今回のお話では、彼らの屁理屈やら馬鹿げた日常会話がスラスラと出てきて、書いていてとても楽しかったです。

いつも「あとがき」は二ページばかり書かせてもらっています。ときには、一ページの場合もあり、とりあえず読者の皆様とお世話になった関係者の方へのお礼で終わったしまうことも多々ありました。

ですが、今回は「あとがき」のページをたくさんいただいたので、作品を通して常日頃思っていることを少しばかり語らせていただきました。長々とした話を最後まで読んでいた皆様には感謝いたします。

それでは、また次作でお会いできることを楽しみにしています。

二〇一三年　十月　小川いら

✦初出　僕らの愛のカタチ……………書き下ろし
僕らのステキな休日……………書き下ろし

小川いら先生、山本小鉄子先生へのお便り、本作品に関するご意見、ご感想などは
〒151-0051 東京都渋谷区千駄ヶ谷 4-9-7
幻冬舎コミックス　ルチル文庫「僕らの愛のカタチ」係まで。

幻冬舎ルチル文庫

僕らの愛のカタチ

2013年11月20日　第1刷発行

✦著者	小川いら　おがわ いら
✦発行人	伊藤嘉彦
✦発行元	株式会社 幻冬舎コミックス 〒151-0051 東京都渋谷区千駄ヶ谷 4-9-7 電話 03(5411)6431[編集]
✦発売元	株式会社 幻冬舎 〒151-0051 東京都渋谷区千駄ヶ谷 4-9-7 電話 03(5411)6222[営業] 振替 00120-8-767643
✦印刷・製本所	中央精版印刷株式会社

✦検印廃止

ISBN978-4-344-82976-3　C0193　Printed in Japan